꽃은 시의 영혼

꽃은 시의 영혼

펴낸날 2024년 5월 1일

지은이 서선철
펴낸이 주계수 ︱ **편집책임** 이슬기 ︱ **꾸민이** 박효빈

펴낸곳 밥북 ︱ **출판등록** 제 2014-000085 호
주소 서울시 마포구 양화로7길 47 상훈빌딩 2층
전화 02-6925-0370 ︱ **팩스** 02-6925-0380
홈페이지 www.bobbook.co.kr ︱ **이메일** bobbook@hanmail.net

© 서선철, 2024.
ISBN 979-11-7223-007-4 (03810)

서선철 시집

꽃은 시의 영혼

밥북
B·O·O·K

천국을 찬양한 천사의 시는 '꽃'.

지상을 찬양하는 꽃 닮은 노래는 '시'.

전자가 언외언言外言이라면 후자는 언중언言重言이다.

영감靈感의 인도로 수사修辭의 조미료와 사색思素의 소스를 섞어 창작의 그릇에 넣고 무쳐 내면 감칠맛 나는 '나물' 그것이 바로 '시'다.

이 때문에 작가에 따른 독특하고 개성 있는 작품이 독자의 구미를 자극하지만 음식마다 조리법과 맛이 다르듯 詩 또한 작가의 시작 태도와 숙련된 표현 기교에 따라 그 맛을 달리한다.

다작, 다사, 다상량을 가슴에 새겨 뛰어난 작품과 명구들을 떠올려 보며 십 년 이십 년 습작을 하다 보니 어느덧 팔십을 눈앞에 둔, 인생의 가을에 시집을 내게 되었다.

한용운 선생의 시를 읽으며 시적 깊이에 감동하고 소월과 '영랑 님의 시적 기교에 못난 재주 연필 탓만 하며 지우고 찢기를 거듭, 겨우 걸음마를 시작했을 때 주위의 박수를 찬사로 착각, 하루에 몇 편씩 자랑처럼 썼던 시는 올챙이, 우물 안의 개구리임을 자인하며 또 멈칫멈칫 포기할까 망설이다 일을 저지르고 말았다.

어차피 세상은 수준 차이를 보여도 함께 살아가는 것, 위대한 문호와 삼류 작가, 한 학급의 일등과 꼴찌 등등 나의 손을 잡아 준 용기다. 결혼은 좋아하는 사람과 하고 여가는 취미에 따라 보내라고 한다.

왜 시를 쓰게 됐을까?

책을 읽을 때나 등산을 하거나 텔레비전을 보게 될 때 머릿속을 스치고 지나가는 시적인 영감을 떨칠 수가 없었다. 폰을 꺼내어 메모를 했다. "티끌 모아 태산"이라더니 퇴임 후 쓴 시가 700여 수, 그중에서 백 수를 뽑아 '꽃은 시의 영혼'이란 제목을 달아 첫 시집을 내게 됐다.

그동안 용기를 주고 격려해 준 친구와 친지들에게 감사를 드린다.

2024년 봄
서선철

평생을 교직(재현학원*-국어 교사)에 몸담으며 학생 지도 차원에서 늘 의문스러웠던 점은 '재주와 노력, 태어난 환경, 생김새, 유전 법칙 등과 같은 차이가 노력의 강조만으로 극복될 수 있는 것인가?'였다. 또 종교적 믿음과 자연 생존 법칙 등등에 대해 밤을 새우며 고민하기도 했다.

그런가 하면 위와 같은 의문을 불편부당의 객관적 입장에서 바라보며 학생들을 계도啓導하려고 애를 썼다.

이제 퇴임하고 지난날을 반추하며 '시'를 쓴다.

소년 시절부터 시인이 되고 싶었던 꿈이 퇴직 후의 여유로움으로 다시 깨어난 것이다.

'시'를 통한 나의 문학적 형상화는 표면적인 삶의 부조리不條理를 조리화시키는 것이다.

조화로운 삶이란 예를 들면 개개인의 신체적 어울림처럼 손, 발, 입, 코, 귀 등등… 부분은 경쟁이나 비교가 아닌 전체를 위한 의미 있는 참여로 이해하자는 것이다.

---

* 재현학원: 서울특별시 노원구 덕릉로82길 64(중계동).

꽃은 시의 영혼

물론 시집에 실린 모든 시를 조리화하고자 한 것은 아니다. 주제별 분류에서 '그리움', '계절 속으로', '꽃내음' 등은 인간의 보편적인 감성에 의지한 것이다. 그리고 '생각의 시선', '존재의 변'에서도 몇몇 작품은 예외적인 작품도 있다.

생각이 다르다 하여 틀렸다는 말과 동일시하지 않았으면 한다.

저서: 첫 시집 〈꽃은 시의 영혼〉

작품 이해를 위한 작가의 시작 태도

차례

꽃은 시의 영혼

꽃에는 꽃에는 평화가 살고
사랑이 살고
예쁘다는 이유로 정표가 되는
살신성인의 침묵이 산다

꽃 한 송이가 청혼의 뜻이 되고
화해와 친선의 의미까지
마지막 길 영구차에도
꽃은 조의를 표한다

말 없는 말로
웃음이 되는 꽃
꽃은 만국 공용어요
소통의 달인이다

꽃은 마음이 사는 집
영혼의 안식처다
보기만 해도 미음이 편안해지고
웃음이 감도는 나의 집이다

말로 시를 쓰되
꽃의 울림이 없었더라면
영감은 문을 열어 감동을 보냈을까?
꽃은 시의 영혼
꽃 따라 꽃 따라 시도 피어난다

죄罪와 벌罰

용서받지 못할 삶 괴롭고 괴롭도다
전생에 지은 죄로 임에게 끼친 상처
곱고도 예쁜 삶에 생채기를 내었구나
임이여 사랑이여 가던 길 그냥 가지
어찌하여 내게 와 약혼 파기 임이 됐소
농사짓고 수목 관리 일하며 깨달은 건
보고 듣고 말 못 해도 꽃피우고 열매 맺어
스스로 최선 다해 만물 일체 도움 주니
제각각 유불리가 악보의 리듬일세
뒤늦은 후회일까 죄 많은 이 근심일까
임이여 사랑이여 인연이 필연이면
원수는 외다리 피할 길이 없단 말요
살아생전 눈에 어려 일구월심 어쩌리까
이승의 삶 길흉화복 전생 업보 결과였네
누구는 성공하고 누구는 실패함이
전생의 삶 성적 따라 주어진 결과여서
일찍 귀가 서두르면 친구 부모 초상나고
열심히 모은 용돈 아내 선물 살라치면
부모님 병원비며 장모님 해외여행
피조물은 운수 타령, 조물주는 인과응보

어긋나니 낭패로다 피할 길이 전혀 없네
선인선과 악인악과 뿌린 대로 거두라네
죄명 모를 인생 수인 앞날 몰라 다행일세
임이여 사랑이여 이제 죽어 황천 가면
쌓이고 쌓인 한을 명부 열람 풀고 싶소
그때 나의 죄상 낱낱이 확인하여
고의 아닌 전생 죄업 부득이함을 밝히려니
그동안의 오해로 원수처럼 대했던 게
미안하고 후회되어 눈물만 흘릴게요
알고 보면 사바살이 허무하기 그지없어
불신과 넘겨짚기 관용보단 흠집 내기
이래저래 잡힌 흉이 전생의 과보라오
불신의 발단을 잠결에 살펴보니
임이여 사랑이여 원수 같은 전생 인연
확인차 마중 왔소 다시 만나 다행이오
원인을 알고 나면 어떻다 말을 할까
연별로 월별로 명부에서 밝히기를
○○년 ○○일 보증 건의 자초지종
친구 우정 앞세운 아내 만류 집 담보
친구는 야반도주 부부 애정 금이 갔네

명부를 살펴보니 하늘의 뜻 보증 사기
원인은 전생 업보 남을 속인 죄과란다
평생 두고 후회한 일 빽빽이도 적혔는데
그중에 끔찍한 일, 오해 빙자 과보 해결
자세히 읽어 보니 동창회서 일어난 일
만취한 여자 동창 모텔에 보낸 것이
다음날 경찰 통해 살해로 밝혀지니
함께했던 동창은 술이 깨자 즉시 귀가
살해 혐의 조사차로 투숙 장소 아는 나도
경찰에 불려 가니 아내가 울고불고
조사가 길어지며 부부 불화 깊던 차에
고속도로 운전하다 아내가 세상 뜨니
애통하고 애통하다, 나로 인한 아내 죽음
무엇으로 갚을 거며 남은 생을 어쩌리오
그 후로 넋 잃은 듯 십 년을 살다 보니
홀어머닌 상거지 아들인 난 노숙자
아는 이 모르는 이 보는 즉시 피해 간다
보다 못한 장인께서 미운 사위 불쌍하다
집 사주고 병을 고쳐 홀어머니 봉양하니
이 모든 게 아내 덕택 마음 잡고 일을 하니

매사가 순성이라 이제 죽어 아내 보면
미안하고 미안하여 자초지종 설한 후에
손잡고 하느님께 빌고 빌어 다시 살리
꿈인가 생시인가 아내 재촉 깨어 보니
동창회 다녀와서 눕자마자 잠이 들어
일요일 열한 시가 저녁인 줄 알더란다
삶이란 일장춘몽 꿈속의 꿈이런가
아내 보자 안고 업고 속세의 정 확인하더니
동창회 다녀온 후 사람이 변했단다
현실보다 생생한 꿈 아내에게 잘하란 뜻
다짐하고 다짐하니 기분 나쁜 말들은
관용으로 걸러 듣고 이해로 수용하니
싸울 일 탓할 일 옹이 없는 나무로세
참으면 웃고 살고 타내면 정 나는 삶
평범한 삶의 교훈 꿈 아니면 알았을까
부부란 불완전을 네 눈으로 챙기는 것
단단히 결심해도 기분 따라 상황 따라
이행은 쉽지 않아 말참견에 추궁까지
칭찬하고 격려하며 살 수만은 없나 보네
서로의 입장에선 상댈 보는 눈높이가

오늘내일 다르니 감정 안경 도수를
맞추기 어려워라 이 세상 부부님들
어찌 사오 어찌 맞추어 살아가오
삶이란 내 뜻 아닌 누군가의 조종인가
홀린 듯 반복된 실수 전생 업보 의심되네

꽃은 시의 영혼

1부

—

계절 속으로

가을에 온 편지

누가 썼을까?
누가 받을까?
쓴 사람도 받을 이도 없는 사연
은행잎엔 노란 마음
떡갈잎엔 울긋불긋
오곡 백화 익고 피는
저 산 저 들판
산들산들 코스모스
추억 깔린 길
들국화 향기 가득 계절의 냄새
오감으로 느끼고 마음으로 읽으라고
가을을 썼네
우리 함께 맛보라고 은유로 썼네

봄이 지은 집

발주자는 계절
시공자는 봄
나무를 심을까요 꽃을 심을까요
바람 불러 씨 뿌리고
구름 불러 비 내리면
봄밤의 콘서트는 만원이겠죠
양지바른 산기슭 무대 주변엔
표 없이도 산새 들새 날아들겠죠
조명 맡은 보름달 향수 바른 꽃님이
시냇물 트로트에 시간을 잊고
풀벌레 케이팝에 앙코르를 외친
자연이 어우러진 아름다운 밤
해님이 노크하며 잠을 깨우면
조명 없는 조명
낮에도 관객은 만원이라네

진달래꽃

깊은 산 속 먼 인가 누가 본다고
새벽부터 단장하고 웃음 짓는가
바람은 그를 위해 빗질을 하고
하늘은 거울 되어 홍조를 띠네
부끄러워 부끄러워 말 못 한다고
산새는 날아가며 노래를 하네

계절이 그린 화명

대체할 말이 없어
지금까지 부른 이와 다르지 않게
꿈과 희망 기쁨으로 나도 부른다
벌 나비도 함께하는 몽유도원도
세상은 얼마나 아름다운가
너를 찾는
사랑의 걸음걸음들
설렘이 딛고 갈 레드카펫
너를 향한
눈길, 손길, 발길은 꽃길이란다
어디랄 것도 없이
누구랄 것도 없이
신명 난 하루가 그림 속에 저문다
계절이 그린 화명은 '봄'
무르익은 솜씨가 무릉이란다

가을을 걷는다

낙엽 깔린 길을 걸으면
서걱서걱 나와 함께 걷는 이가 있다
울긋불긋 단풍 든 길을 걸으면
누군가 옆으로 다가와 속살일 것만 같다
푸르렀던 청운의 꿈 열매 맺겠다
밤을 밝힌 지난날 나의 젊음아
너도 이젠 가을 나무가 돼가나 보다
수확의 계절이다
낭만의 계절이다
고독의 계절이다
갑자기 가난해지고
센티해지고

꽃은 시의 영혼

어쩔 수 없는 생의 감성에 눈물 흘리는
나도 가을 숲이 돼가나 보다
오 헨리의 마지막 잎새를 달고
추억하는 담장이 덩굴이 돼가나 보다
밤 떨어지는 소리
바람 소리
물소리
고요를 담으며 걷는 걸음 가을 소리다

핑계가 핀다

복숭아꽃 살구꽃 벚꽃까지
가지마다 송이송이 핑계가 핀다
함께 걷고 싶어서
고백하고 싶어서
내 마음 알았는지 핑계가 핀다
언제부터였을까?
봄볕의 따스함에 반한 날부터
만나자는 핑곗거리
망울 된 내 마음 부풀어 올라
강변의 살구꽃
천변의 복사꽃
가로수길 동화처럼 피어난 벚꽃
그걸 빙자 약속을 받아 냈지요
꽃보다 고운 꽃 벌 나비 세상
앉다 보니 자국마다 수놓은 진실
춘풍에 향기까지
핑계란 이름 붙여 꽃으로 핀다

2부

———

그리움

아버지

아버지의 두 어깨는
가족을 지고 갈 지게
자식 하나에 걱정 하나
새벽 별 보고 또 저녁 별 보기
농사일에 행복도 팔았다
내일 장은 막내딸 신발
닭 두 마리 구럭에 넣고
삼십 리 길 걷고 걸어
꽃신 한 켤레
사탕 한 봉지
주린 배 막걸리는
혁대 한번 조르고
왔던 길 집을 향해 속도를 낸다
돌밭 매는 아내의 얼굴
내가 죄인이다
어쩌다 날 만나서
산골 댁이 됐을까
탓보다 더 힘든 게
내 죄의 시인이다
언제쯤 강박에서 벗어날 건가
오늘도 이른 새벽 일터로 간다

꽃은 시의 영혼

가난이 밉다

마제에서 서부까진 걸어 오십 리
업은 딸 길동무는 여덟 살 아들
심한 입덧 먹고 싶은 돌게장 찾아
친정어머니 전갈받고 길을 나섰다
어제저녁 오늘 아침 먹은 게 없어
헛구역질 가다가다 되돌아섰다
인생이 무엇인가
시집이 무엇인가
하루 두 끼 먹고 사는 가난이 밉다
시어머니 무심한 남편 탓할 수 없는
눈물이 앞을 가려 목이 메고
돌아서서 오는 발길 면목이 없다
언제나 가슴 펴고 웃어 볼는지!
되돌아오는 발길 섧기만 하다

황산

평생을 보고 싶다 그리워하고
몇 날을 설레다 산 앞에 서도
베일로 가린 얼굴 볼 수가 없네
세상사 내 뜻대론 안 되는 줄 알면서
이백을 헐뜯고 두보를 원망
사정을 알고 보니 그게 아녔네
산밑에 기다리며
석 달 열흘 쪽잠을 자도
안개 덮인 천하 명산 볼 수 없으니
줄글 말글 천하 문장 소용이 없어
천제의 허락 없는 시선인들 어쩌랴 싶다

돌아오는 길 (둘레길)

둘레길 돌고 돌아
돌아오는 길
나누었던 이야기는
추억에 살고
가야 할 길 이정표는
희망이라네
가다가 다 못 가면
내일 가자던
그래서 둘레길은
낭만이라네

오빠 이야기

띠동갑인 우리 오빠
오빠 이야기
할머니의 인생살이
어머니의 가난살이
눈물 콧물 다 흘리며 들어야 했던
가슴 아픈 추억 갈피 갈피엔
원죄 같은 아빠 원망 깔렸더란다
금광에다 모은 재산 다 털어 넣고
밭 한 뙈기 유산 없이 떠나신 아빠
내일모레 막내딸 돌 앞에 두고
급한 듯이 저승길 떠나간 아빠
아빠의 삶이 원망인 것은
살아갈 가족들이 기댈 곳 없어
열두 살 오빠가 가족 부양자
초년고생은 사서도 한다지만
누울 자리 보고 발 뻗는다고
가난에 저당 잡힌 오빠의 자린
누어도 뻗을 공간 동생들 차지
우리 오빠 생각하면 눈물만 나네

일산은 마음의 고향

3호선 전철 타고 호수공원 갈 거라면
동구청 앞 정발산역 게서 내려라
봄에는 장미 축제
가을에는 단풍 구경
무더운 여름마저 호수 바람 선풍기다
골목골목 먹거리
전시장은 킨텍스
떠나면 가고 싶은 마음의 고향
사랑에 끌리고
우정이 불러내면
정발산역 내려 걸어 호수에 가라
마음 끌린 하루가 고향이 된다

묵계리의 추억

길안면 묵계리
낙동강 물에 씻고 씻은
수박 향 은어가 살아가는 곳
선비 정신이 마을 곳곳에 배어 있어
가족의 말은 울타리를 넘지 않으니
물소리마저 소곤소곤 은하수를 닮았다네
이제 추억이 되어 버린 봉사활동
마을엔 처녀가 없고
봉사활동 주최 강변가요제에 출전한
이미자 목소리의 선녀만 살았다는 전설
그때가 그리워
수도 펌프의 마중물이 되면
시원한 막걸리 한 잔이
대원들의 마음에 스며들어
추억의 갈피 갈피엔
그리움으로 남았다네

호숫가의 피아노

누군가를 기다린다
베토벤의 영웅이 울리고
평화와 희망
용기와 정열
봄과 가을이 건반 위를 거닐면
산책 나온 이들의 얼굴 얼굴엔
살구꽃 같은 미소
라일락 향기가 일렁인다
이 세상 그 무엇도 차별이 없으련만
꽃은 꽃대로
솜씨는 솜씨대로
눈과 귀를 타는구나
나는 호숫가의 피아노
벌과 나비가 꽃을 찾듯
날 찾는 이 누구실까
기다림 속에 밤을 새운다

고향

삘기 뽑던 제기산
낚시하던 벽정지
선바위 신선놀음 소년이 웃네
봄에는 가재 잡고 여름엔 여치
그게 모두 추억일 땐 타향 나그네
싫어도 말 못 하고 향수에 젖는
내 인생 어디에다 마음을 두리
지는 해 걷는 발길 예는 아니야
미래의 희망이 낯설다 하네
뜸부기 소쩍새 그리워지니
가야 할 목적지를 놓친 것 같소
버들피리 걷는 발길 고향이라오

3부

——

꽃내음

꽃의 전설

아름다운 사랑은 죽어서 꽃이 되었네
보고픔은 부풀어 망울 되었네
사탄의 꾐에 빠져 죄를 범하고
몸이 죽은 그리움은 향기가 됐네
오고 가고
고백하고
가슴 설레는
어느 하나 다시는 말로 못 하여
간절한 꽃의 사랑 꿀을 만들고
보고파 전할 사연 화분 만드니
불쌍하다 조물주는
벌 나비 시켜
이 말 듣고 저 말 들은 소식 전하네
바람 시켜 한들한들 손짓을 하네
말 못하는 심정을 헤아리시어
시인 시켜 꽃의 전설 밝히라 하네

꽃은 시의 영혼

살얼음

친구 간의 살얼음은 정치 이야기
연인 간의 살얼음은 첫사랑 얘기
부자지간 모녀지간 훈계 살얼음
계절을 뛰어넘는 아슬아슬 살얼음
꽃 피다 얼어붙는 영하 육칠도
오던 봄도 되돌리는 입춘 살얼음
어렵다 인생살이
시기 질투 온갖 망언 모두 합치면
불시에 찾아오는 절연 살얼음
게다가 국민 불안 정쟁까지 더하면
그 이름은 당리당략 정쟁 살얼음

누나의 고백

살고 싶다고 살아지는 게 아니더라
희망에 기도를 얹어도 아니 되더라
자식을 생각하고
남편을 되돌아봐도
내 빈자리 채울 수가 전혀 없더라
보약에다 특수 처방 발버둥 쳐도
삶의 휴가는 누구 빽도 통하지 않아
머나먼 저승길로 들어서는데
다시 찾아 살필 수도 없는 처지라
눈물로 긴긴밤을 새우다 보니
바다가 다 내 눈물
삶의 한은 그래서 깊고 깊은가
잘 있어라 안녕!
고맙구나 안녕!
더 이상은 슬퍼도 울지 말아라
그 눈물 흘러 흘러 은하수 되면
밤하늘 별 되어 날 따라올라

세월 따라 가는 길에

세월 따라 가는 길에 눈이 내리면
가슴 뛰는 첫사랑의 임이 되리라

세월 따라 가는 길에 꽃비 내리면
떨어지는 한 잎 한 잎 시가 되리라

세월 따라 가는 길에 비가 내리면
기다림에 환호하는 농부 되리라

세월 따라 가는 길에 나뭇잎 지면
울긋불긋 잎새마다 정이 되리라

세월 따라 가는 길에 누굴 만나면
말벗 삼아 함께 걷는 친구 되리라

기다림

육신이란 옷 한 벌로 병을 견디고
감정이란 손수건에 눈물을 적셔
보고 듣고 맛을 보며 인생을 살지
어제는 맵고 짠맛
오늘은 쓴맛
오감의 종합평가 행복을 위해
내일은 찾겠지 벌써 오십 년
살아온 하루하루 후회와 반성
오늘도 새로 심는 희망의 나무
기다리는 보람 있어 꽃이 피겠지

꽃은 시의 영혼

균형

궁핍할 땐 부지런을
부유할 땐 베풂을
권력자는 자비를
장미에 가시가 있고
찔레엔 향기가 있듯
세상은 그래서 균형 잡힌 삶
저마다 단점을 채우며 산다

고생도 꽃길

걸어온 길 돌아보면 고생도 꽃길
마음의 호미로
추억 밭에 잡풀 뽑고 꽃씨 뿌리면
사시사철 지지 않는 꽃이 피지요

걸어온 길 돌아보면 고생도 꽃길
바닷길 산길보다 더욱 험한 건
인생살이 악전고투 아픔 아닌가
괴로움도 인내하면 성공의 미소
춘삼월에 피어나는 꽃과 같다오

걸어온 길 돌아보면 고생도 꽃길
인생 항해 나그네 슬픔이었어도
참고 견딘 장한 오늘 보람스러워
걸어온 자국마다 꽃이 웃네요

꽃은 시의 영혼

낙조

황해에 담근 술이
낙조에 절로 익어
북두성 기울여서
네 권코 내 마시니
을왕리 해변 풍치
무릉 되어 다가오네

또 하나의 자유

외출이 즐거운 것은
거기에 자유가 있기 때문이다
나에겐 자유
남에겐 구속일지라도
내가 택한 자유이기에
구속이 아닌 자유가 된다
제가 좋아서 하는 일
스님의 폐관 수련
명창들의 득공
목적을 수반한 나만의 자유
그러한 자유도 환기가 필요하니
여행과 외출은
생활의 윤활유가 되어 준다
또 하나의 자유
그건 지금의 자유를
더욱 소중하게 하는 깨소금이다

냄새

찌개가 끓는다
인덕션을 꺼도 된다는 신호
나이 든 노인
냄새 없으면 찌개는 타고 만다
건망증을 비켜 갈 수 있는 방법
눈이 어두우면 소리로 듣듯
냄새마저 무뎌지면
타임스위치가 제구실을 한다
이 없으면 잇몸
삶의 개척은 불편의 승리자이다

가난은 시련 사랑은 홍역

꽃받침이 없는 꽃은 피지 않는다더니
강보에 싸인 내가 길가에 버려졌으니
내 인생 꽃피기는 애당초 글렀어라
길 가던 팔순 할멈 생각 없이 데려다가
가누기도 힘든 몸 애지중지 아홉 살
숨 거두며 사후 걱정 눈물이 앞을 가려
불쌍한 마음 참고 그 길 그냥 지났으면
길 가던 젊은 엄마 자식 없다 키웠겠지
팔순 할멈 가련하다 삼십 분을 못 참았네
어쩔 거나 어쩔 거나 청이보다 못한 목숨
이 집 저 집 떠돌이 눈칫밥이 칠 년일세
겨우겨우 목숨 부지 신부님의 눈에 띄어
신도에게 위탁된 삶 전환기를 맞았다네
낮에는 직장으로 밤에는 책상 앞에
열여섯 이팔청춘 화장 한 번 못 해 보고
여자인지 남자인지 해야 할 일 산더미다
초등과 중등 검정 일 년 만에 끝내 놓고
고등학교 검정 거쳐 이 년 내에 대학 입학
개안이란 이런 건가 절망으로 가렸던 눈
안개처럼 걷히더니 신세계가 펼쳐지네
주님의 목자이신 신부님이 구세주라

비로소 입학 첫날 여자를 되찾으니
눈길 주는 남학생 부끄러운 진달래라
빈부는 재산 차이 관심은 얼굴 차이
기구한 인생이나 용모는 절세미녀
오는 이 가는 이 곁눈질에 도돌이표
해님 따라 눈길 가는 해바라기 행인일세
도덕적 가품 또한 왕자의 짝이라서

고관대작 며느릿감 줄을 서서 난리이니
발길이 머무는 곳 어디라고 피할 건가
백 번을 사양하고 천 번을 피하여도
매의 눈 중매쟁이 감언이설 피할쏜가?
상대를 알고 보니 동아리의 선배시라
양부이신 신부님께 동문 선배 소개하니
이리저리 알아보고 등산 함께 다녀와서
재벌 부모 착한 천성 사귀어봐도 괜찮단다
주경야독 벅찬 일과 주말에는 임과 함께
3개월 꿈결인가 고아 인생 배려 같네
어느 날 선배 오빠 자기 부모 만나자며
졸업 전에 약혼하고 졸업 동시 결혼하자
자석에 못 끌리듯 오빠 뜻에 맡겼더니

이번 주 토요일로 날짜까지 잡았구나
밝고 차분하게 검소한 듯 차려입고
궁궐 같은 대문 앞에 긴장된 채 서 있으니
초인종 소리 듣고 뛰어나와 문을 여네
부모님과 남동생에 두 여동생 환영 미소
인사 후 좌정하니 아버님 첫 말씀이
앞으로 우리 집엔 꽃 사 오지 말라신다
어느 꽃도 무색하여 제빛을 잃을 테니
말씀 듣고 웃음꽃 긴장을 풀어 준다
이 말씀 저 말씀 부담 없는 여행 얘기
식사 후엔 본고산가 잔뜩 긴장 부담하더니
별말씀 없으시고 신부님만 보자신다
다음 날 양부 찾아 나눈 말씀 들어보니
며느리 예쁜 값을 시부모가 지겠다며
살림집 결혼 비용 양해를 구했단다
그날따라 기분 좋아 부녀 외식 즐기었네
며칠 후 양부 불러 성당을 찾았더니
너희들이 좋다 하면 9월에 약혼하고
명년 3월 결혼하여 미국 유학 어떠냐다
세상살이 한 치 앞을 어떻다 말하리오
꿈같은 세월인가 어느덧 1월 되니

잠시 잠깐 살아갈 집 챙겨 보고 오겠다며
내일 열 시 공항으로 배웅차 와달란다
회자정리 다반산데 그날따라 마음 울적
손 흔들며 돌아선 길 마음 진정 어려워라
바쁜 척 여기저기 직장도 알아보고
친구 만나 반주 한 잔 발동 걸린 이야기꽃
임께서 떠나신 후 그립다 소식 몇 번
돌아올 날 기다리다 결혼 날을 앞두었네
어찌할까 망설이다 양부께 부탁하여
시댁에 연락하니 오늘 잠깐 보잔단다
왠지 모를 불안으로 한나절을 기다리니
양부께서 급히 연락 성당에서 보자신다
서둘러 마음 진정 양부 통해 들은 전언
뇌종양 재발로 수술 날짜 잡혔으니
부득이 결혼 날짜 추후 통보 어떠냐다
알고 나니 더욱 궁금 임의 건강 걱정되네
히루히루 노심초사 구십 일이 십 년일세
수척해진 내 모습에 양부의 문병 전화
현재로썬 드릴 말씀 한숨밖에 없사오니
진정되면 연락드려 양해를 구한단다
열흘 후 양부께서 보자 하여 뵈었더니

장래의 시부모님 나를 동반 만나잔다
사려 깊은 배려로 아들보다 나를 염려
더 이상 기다리라 말 꺼내기 어려우니
두 사람 인연을 없던 일로 끝내잔다
말씀 듣고 앞이 캄캄 충격 진정 어려워라
경황없이 드린 말이 치료 후 귀국하면
둘이 만나 상의 후에 결정하여 정하리니
치료 먼저 힘쓰심이 저에 대한 배렵니다
마음과 생각이 얼굴처럼 곱다 하여
시부모님 회사에 특채 사원 되었다네
회사에서 가까운 곳 집까지 마련하니
특별 대우 생활 호사 지난 가난 잊을세라
나의 진심 알았는지 시누이의 적극 지원
오빠 주소 보내오니 감격하여 눈물 울컥
하루에 한 통 편지 써도 써도 끝이 없네
아마도 그리움은 전생의 에덴인가
찾아가 만나야 할 나만의 속죄인가
그립다 보고 싶다 당신은 나의 영혼
사랑의 음성에 하루를 젖고 싶다
편지의 신력인가 의술의 개가凱歌인가
출국 후 일 년 만에 완쾌되어 돌아오니

기쁘고 기쁜 마음 무릉 세계 발견일세
애지중지 내 사랑 시새움에 탈이 날까
조심조심 남 볼세라 밀린 과제 재택근무
지난 세월 기억 중에 가난은 아픈 시련
사랑은 가슴앓이 홍역처럼 남았다네

네겐 오늘이

네겐 오늘이 생일인진 몰라도
축하라는 이름으로 장미가 죽고
소비라는 이름으로 소가 죽는다
행복도 평화도
희생과 지킴이가 필요한데
누리는 이는 제 복인 줄만 안다

네겐 오늘이 고통인 줄 몰라도
어제 아파하던 이가 오늘은 웃고 있단다
하루하루를 등산에 비유하고
여행에 비유하면
주어지는 여건 극복 마음 또한 달라지니
융통성을 발휘하여 전화위복 계기 되자

네겐 오늘이 지루할진 몰라도
죽는 이에겐 마지막 하루란다
나만 생각하면 답답한 하루지만
그를 생각하면 소중한 하루란다
사람마다 처한 입장
생각 또한 다른데
나의 주견만으로 세상을 살까
역지사지 생각하며 오늘을 살자

편 가르기

옳고 그르고
기준이 없네
비난할 땐 정의를 앞세우고
잘못하곤 변명만 늘어놓는
그게 결국 내로남불
초록은 동색이요
끼리끼리 논다더니
잘잘못을 편 가르기로
정의는 간 곳이 없네
젊은이들이여
그대들에게 할 말이 없소
무엇을 본받고
무엇을 가르쳐야 한단 말이오
평등과 공정
그것도 네 편 내 편
진리에 순응하는 자세
언행일치는
옛 성현의 말씀일 뿐
나라 발전 위한다더니
원수만도 못한 행동
편 가르기만 보여 주는
그게 그들이 할 일이라네

화양연화

깨 볶는 냄새가 솔솔 나고
아내가 선녀인 양 한없이 예쁠 때
결혼은 행복의 원천인 줄 알았다
세상 모든 행복이
내게 이사 온 것 같았다
아는 이를 만나면 그저 웃음부터 나오고
그러다 일에 치여
하루가 어떻게 지나가는지도 몰랐을 때
우리는 마치 새끼 깐 새처럼
낳은 자식 키우기에 여념이 없었다
사랑은 서로 나누며 사는 것
세상의 아름다운 걸 다 모아도
사랑보다 아름다운 건 없을 거란 생각
자식 기르며 알게 되고
역지사지를 삶의 신조로 삼아
미안합니다
고맙습니다
대립하여 싸울 일은 피해 나갔다
이제 지난날을 되돌아보면
나만 좋아서 좋은 게 아니라
함께 해야 즐거운 삶
평화의 진원지는

나부터라는 마음
실천이 보람으로 다가와
행복감을 느꼈을 때
그때가 나의 화양연화
인생의 보람된 시기였지요

사랑의 조건

사랑의 실패는
평생 깨밭에만 살려 하기 때문이고
사랑의 승리는 배려하는 마음과
인내의 합작이다
사소한 일로 다투며 자란 남매
결혼하면 천사 되고
선녀가 된다든가
미래 위해 공부했다 말들 하면서
아빠 되고 엄마 될 준빈 왜 않았나
살면서 채우고 부딪치면서 배우는 삶의 법칙
그걸 인정하는 말
결혼도 안 해 본 사람이 뭘 알겠소
벌레를 거치지 않으면
나비가 될 수 없고
굼벵이 없이 매미가 될 수 없다는 명언
실수가 쌓여 미움이 되고
미움이 익어 사랑 되는 날
나는 비로소 우리가 되어
사랑의 졸업식을 갖는답니다
겪어야 깨우치는 사랑의 조건

꽃은 시의 영혼

바람이 사귀자고

바람이 사귀자고 치근덕댄다
우리 놀아요
춤을 출까요
노래를 부를까요
문풍지 울리던 솜씨
장구춤 무당춤 강강수월래
배워서 추는 춤은 아니련만
크고 작은 나무를 가리지 않고
어깨에 손을 얹고 손을 맞잡고
신이 나서 추는 춤
숲은 온통 무도회
봄 냄새를 풍긴다
등산 중인 나도 흥에 젖는다
바람이 사귀자고 나까지 초대
오랜만에 맛보는 자유의 향연
바람과 난 친구가 된다

호미를 든 임금

호미를 든 임금
호미의 뜻을 따를까
만들어지길 제초용
삼정승 육판서와는 다르다
불명한다 하여
항명의 죄, 단근질이 통할까
백성이 하늘이라 했는데
평생을 논밭에서 보낸
농부 앞에서…
임금의 행동에 주위는 숨을 죽였다
임금의 입에서 나오는 한 마디 한 마디
농작물 앞에선 여러분이 제왕이요
잡초를 솎아내니 작물의 은인
짐은 그런 면에서 호미를 든 것이요
탐관오리란, 잡풀을 뽑아내지 않는다면
나라의 경영이 어찌 되겠소
짐朕과 그대들과의 공통점
본분에 최선을 다합시다

꽃은 시의 영혼

4부

———

생각의

시선

말 잔치

말이 꽃을 피우면
이야기꽃
말이 즐거우면
웃음꽃
말이 악보 위를 걸어가면
노래가 되어
듣는 이를 감동시키니
리듬의 마력인가
소리의 조화인가
세상은 말 잔치
말 잔치다 말 잔치야
말 없는 나무와 풀이라지만
고요한 산속
매미가 울고
풀벌레가 고요를 깨우면
말 없는 숲의 고독
그걸 깨우러 바람이 온다
미풍에 웃는 꽃
도란도란 정다운 꽃
바람은 말의 정령
통역 아닌 통역으로

잔치 잔치 벌였다

말 못 하는 숲의 언어가 되어

인생은 시골길

인생은 시골길
가도 가도 십 리란다
가다가 꽃을 보면 쉬고
말벗이 좋아 쉬고
목적지는 알아도 길을 몰라 어렵다
아저씨께 묻고
할머니께 묻고
걷고 걸어가지마는
아직도 더 가란다
현혹의 눈속임도
솔깃의 귀 얇음도 아니련만
가는 길 돌고 돌며 묻고 묻는다
인생은 시골길
행복 찾아 떠난 길이 황혼이란다

밤바다

파도의 모래톱에 누워 귀 기울이니
고래란 놈 별을 세다 코를 고는구나
그때 문득 뚜우 뚜우 고동이 울면
잠을 설친 등대가 눈을 비비며
잘 가라고 깜박깜박 길을 밝힌다

자연의 섭리

소금은 땀 없이도 짜고
설탕은 사랑 없이도 단데
사람들은 설탕이니까 달고
소금이니까 짜다고 한다
노력 없이 천재이고,
태어나고 보니 바보인 것을
노력이 천재를 만들고
게으름이 둔재를 만든다고
그럼, 미인은 노력해서 미인이고
박색은 태만해서 박색인가
이성으로 판단하여 알 만한 이치를
눈 뜨고 못 본 척
손바닥으로 해를 가린다
운명은 조물주의 조화
조화를 모르고는
자연의 섭리를 말하지 말라
전체 앞에 개별은
각자에게 부여된
임무의 개인차이다

천문산 유리잔도

바람이 쉬고 간 자리
구름이 자고 간 자리
천오백 산상의 유리잔도
계곡을 끼고 도는 가고픔
오금이 저리다
현기증으로 다듬은 기둥
무릉을 지으려 돌을 쪼는 석수
바람에 운해 유리를 끼우다 실족
망치와 끌의 파편이 어지럽다
지금도 시시각각 계곡을 응시하는
걸음걸음의 조문객
명공에 대한 애도
봄을 이고 핀 춘화의 위로가 아름답다

시계

하루를 간섭하고
하루를 통제하는 그는
만남이 있어도
열차를 타려고 해도
묻고 확인해 주기를 좋아한다
인간은 자유를 지향하지만
시간을 알고
모든 계획을 그에게 맡긴 후로는
인간은 포로가 되었다
태어날 때부터
생명의 시계는
DNA에 채워지고
그의 허락을 받아
입력된 나이만큼 사는지도 모른다
시계는 나를 관리하는 조물의 사자 같다

명산이 좋다

산이 높아 힘이 들면 갈 사람 없고
난해한 책 알 수 없다 읽지를 않네
오갈 사람 없다면 그게 산인가?
뜻이 높다 제 자랑은 눈을 부르고
소통 없는 천하 지혜 먼지만 쌓여
갑남을녀 즐겨 찾는 명산이 좋다

세월

그는 걸어도 자국이 없다
그는 불러도 대답이 없다
언제 왔는지 언제 갔는지
봄소식
친구 소식
물어도 불러도 대답이 없다
잡아도 가둬도 막무가내다
지나고 나면 남는 건 기억
오늘도 돌아보는 추억 일기장
세월은 축음기판인가 재생이 되네

장작불

솔꼬루* 불쏘시개
장작은 탄다
가마솥 밥
무지짐이
찬방 뎁히기
존재는 삶의 이유
잘은 몰라도
재 되면 거름 되니 알 것만 같소
쌓은 장작 솔꼬루 구실이 탄다

---

* 솔꼬루: 보령 지역의 사투리로 '떨어진 솔잎'을 뜻한다.

우리도 배우

신이 쓴 희곡에선 우리도 배우
맡겨진 배역이 바로 내 인생
싫다 좋다 말 못 하는 정해진 인생
고관대작 억만장자 부러워 말자
이상, 희망, 꿈이란 각자의 기대
울고 웃는 인생살이 그게 다 각본
입지전적 인간 승린 희곡의 주제
신문 배달, 우유 배달 안 한 게 없고
재주 있어 검정고시 뜻을 이루네
감동! 감동! 진한 감동
기립 박수 인생극장 축하연 자리
하객마저 등장인물 동원된 인원
알고 나니 인생살이 위로가 되네
내 인생도 연극배우 이해가 되네

꽃은 시의 영혼

신은 어디에 살까

신이 있어 산다면 어디에 살까
비방, 선동, 흑색선전 정치에 살까
국가 발전 가로막는 국회에 살까
버티기, 장외투쟁 빌미를 주며
눈 뜨고 장님 되는 국민을 속여
핑곗거리 두고 사는 정당에 살까
잘못된 제도가 나라 망쳐도
배부르면 그만이다 편의(便宜)에 살까
그건 아냐 말도 안 돼 하늘에 살지!
누구도 볼 수 없는 바람 옷 입고
구름에 누워 자며 암행을 하지!

알까 모를까

태양은 입이 없다
제가 한 일을 자랑하기 싫어서
가슴에 꼭꼭 입을 감췄다

바람은 형체가 없다
타고난 직분을 제약받을까
색깔 없는 베일로 몸을 감쌌다

물은 일정한 목표가 없다
자연의 조화에 순응하기 위하여
발길 닿는 곳이 목표가 됐다

바위는 불평불만이 없다
부서져 흙이 되고
새겨져 조각품이 되더라도
그게 제 임무
넋두리가 싫어서 입까지 봉했단다

달은 이승의 어머니다
부끄럼 많은 이에게 용기를 주고
밤길 가는 이의 길동무가 되어 주는
만물의 보호자다

행복의 안경

시력이 떨어지면 안경을 쓰면서도
청력이 떨어지면 보청기를 사면서도
마음이 괴로우면 불편하다 짜증만 낸다
이럴 때 해결하는 묘안 없을까
깨달음을 안경 삼아 끼면 어떨까
관용과 용서 명약 복용 안 했나
한 잔 두 잔 마신 술에 뭔가 보인다
행복이 웃으면서 포옹을 한다

내가 만난 이백

꿈은 시대를 뛰어넘고
국경도 없어
통역 없이 동년배로
그와 난 친구
여보게 이백
살아선 적선으로
죽어선 시선으로
어떤가? 世人의 찬사讚辭
기분 좋은가?
글쎄 그게 주책없는 글 자랑인데
한우충동 주유천하 찌꺼기일세
다만, 먹은 욕은 기록에 없고
마신 술은 미화되니 취선이었다네
더러는 술기운이 마음을 키워
사실과 다른 시구 "망여산 폭포"
내 다시 태어나면 자네와 함께
덜 읽고 덜 마시며 분수대로 살겠네
아무리 큰 강도 비 안 오면 내가 되고
작은 시내라도 물 불으면 강이 되는 것
인간의 삶도 이와 같으니
내 주장 내 뜻만을 펴려 할 게 아니라

최선을 다하고 결과에 만족하며 살아가겠네

여보게 이백

삶이 호접지몽이라면

자네의 과거와 현재, 뭐가 생실까

정답

정답 없는 문제
마음이 꼬이고 심술이 가득 담긴 문제
답을 듣고도 인정하고 싶지 않은
수능시험이라면 출제될 수 없는
그런 일들이 사회를 어지럽힌다
청소년은 무엇을 배우고
그걸 옳다 그르다
막말에 협박까지
그런 이가 자식이고
아빠 엄마라면
호의호식한다 해도 썩은 사회다
사마천이 사기를 쓸 때
공자의 도덕을 기준으로 했듯
도덕적 기준이 허물어진 사회는
망할 사회요
범죄자가 우글거리는 사회다
우리 모두 양심에 손을 얹고
억년대계
이 땅을 빛낼 후손을 생각하여
스스로의 마음을 정화하자
후손들이 부정하는 오답을

꽃은 시의 영혼

정답이라 우기지 말자
왜곡된 정답이 나라를 망친다

산자의 감옥

지레짐작만으로 마음을 잴 수 있을까
한 되들이 봉투에 쌀 한 말
한 말 관용에 바다라도 담을 듯
보지 못한 마음 그릇
총명과 지혜까지
모르면서 넘겨짚는 맘대로 행동
비아냥에 욕설
생각이 낳고
입이 저지른 허물
신부님께 고해성사
교적이 없네
우린 그저 모두 다 죄인
현행범이 아니라고 뻔뻔하지만
삶의 공간 곳곳에서 들통이 나지
마음은 저도 모르는 감옥
전생에 지은 죄 갚고 가라고
자나 깨나 욕심 감옥 망신살이지
쪼잔하다 밴댕이야
자린고비 멍청이
"비렁뱅이 자루 찢기" 이골이 났네
그래서 생긴 말

내 마음 나도 몰라
산자의 마음 감옥 면키 어렵네

호연지기

호연지기는 마당발
옳고 바른 일
공명정대하다면
언제라도 맨발로 뛰어나와
대중 앞에 서기를 주저하지 않는다
그에겐 부모도 아내도 친구도 없다
속되어 함께 할 수가 없다
가난한 아버지의 근천스러움
부잣집 어머니의 지나친 보호
삼불출 아내의 눈물겨운 정성
낳지도 키우지도 않은 자식들
국민의 공복 심사 청문회 요청
신언서판 그중에서 언言과 판判
아니, 주로 탈법과 능력을 본다
호연지기를 지녔느냐가 주안점이다
인신공격성 침소봉대
소신 있고 청렴한 인물
국민을 흡족하게 할 후보가 없다
지명을 받아도 대개가 사양한다
망신이 두렵고
자신도 모르는 흠이 있을까 두렵다

꽃은 시의 영혼

이상적인 인물
호연지기를 지닌 사람
삼신할머니에게 물어도
대답이 없다

미움

주는 것 없이 밉제
왜 미워라
밉게 보이니 밉제
함께 살 팔자가 아니라서
행동 하나하나에 미운털 박혀
집안일에는 둔하고
바깥일에는 정성인 사람
깊은 물은 소리 없이 흐른다지만
마음에 젖은 정은 얄밉기만 하여라
남자는 소나무
여자는 바람
태생부터 다른데 어찌할거나
평생을 기다려도 소나무 바람
바람 살살 달래고 흔들어 봐도
그냥 그 자리 그게 밉단다

말꽃

꽃은 신이 내린 선물
초목에게 피어나는 수정을 위한 몸단장
향수를 뿌리고
꿀을 분비해
벌 나비 불러
생의 잔치를 빛나게 한다
이심전심의 초대장
환대에 감사를 담아
수정의 기쁨을 선사하니
삶은 씨앗으로 생명을 이어
자자손손 번창한다
누가 전할 건가 자연의 신비
향기와 달콤함과 아름다움
'시'로 아로새긴다
인간은 언어의 마술사
창조의 신비가 말꽃으로 피어난다

마음 발자취

양지건 음지건
부처에겐 문제가 되지 않는데
돈 있다고
권세가라
자유를 흠집 내고
권리를 잡아 늘여
애먼 사람 붙들고 생트집이다
누가 준 자리를
제 맘대로 규정해
만물 일체
일체유심조를 생각게 한다
마음을 매일매일 욕심으로 채우면
현실은 온통 범죄의 소굴
병들고 사고 나고
희로애락애오욕이 마음 발자취
사바살이 하루하루 번 볼 게 뭔가

말의 주인

말은 존재하되 거취가 없다
말은 말로 존재할 뿐
성인도 혁명가도 아니다
"구슬이 서 말이라도 꿰어야 보배"이듯
사용자 마음에 따라 꿰어지는 구슬이다
쇠가 용도에 따라 모습을 달리하듯
말 또한 어감에 따라 의미가 달라진다
말은 언중이 만들었으되
누구의 편도 아니다
물처럼
흙처럼
청탁과 선악이
제 뜻 또한 아니다
말은 말로 조제할 뿐
용자의 뜻에 편들지 아니하는
제가 주인이다

아는 불만 모르는 만족

세상살이 처한 입장 모두 달라도
알면 병 모르면 약
길을 아는 이 지름길 가게 되고
부자만 고집하면 수전노 된다
모르면 몰라도
알고는 단념이 안 돼
평생 써도 다 못 쓸 재물
재벌이 재벌을 꿈꾸며 산다
있으면 좋고 없으면 아쉬운
S와 같은 부호 있어 몇십만의 일자리
우린 그저 좋아라 누리고 있다
친구가 산 빽을 보면 나도 사고 싶어
최고급 메이커 구매한 이 떠올리며
그보다 더 좋은 상품
비교하는 삶
"나는 자연인이다"
모르면 모른 대로 행복한 웃음
이 병 저 병 다 고치고
자연이 좋아
도시가 행복해도 산을 찾을까
아는 불만 모르는 만족
삶의 상대적 빈곤 그게 문젤세

　　　　　　　　　　꽃은 시의 영혼

날실과 씨실

폭우로 홍수가 나고
돌발 사건 줄 이으니
긴장 끈 놓으면 매사가 위험일세
조심조심
삶이 빙판이요
비 온 뒤에 진흙 길이다
속임수가 많은 인생
돌다리도 두드리며
건너야 할걸
그래도 세상은 살만한 곳
박애가 있고
자비가 있고
관용과 용서가 있어
이웃과 사회를 아름답게 하니
어찌 속세라 하여 비하할 수만 있는가
베틀에 베 짜듯
이 일도 저 일도 날실과 씨실 아닌가

부부

부부란 칭찬할 부 함께할 부가 아닌

탓할 부 맞장구칠 부인가

나의 부족만큼 상대도 부족하련만

이해와 관용보다 지적을 한다

손이 둘이요 귀가 둘인 건

백지장도 맞들면 낫고

말보단 듣기를 잘하란 뜻

알면서도 어깃장

오순도순 사는 모습 시어머니다

부부의 딴 주머니 사랑 말고 또 있었나

인간의 못된 성깔 시새움이다

내가 잘못인가 심보의 장난인가

내 마음 나도 몰라

후회도 반성도 그때 당장뿐

똑같은 실수가 반복이 된다

추궁하고 변명하고

관용과 시비가 날실과 씨실

삶이란 피륙을 짜고 또 짜네

예수의 베드로와 유다

변절에도 차이가 있나

오늘도 부부 언쟁 끝이 없다네

꽃은 시의 영혼

조절

줄이고 늘리는
삶의 운세 조절은
운명이 지닌 고무줄이다
노력, 인내, 이해, 관용, 결단
마치 용수철처럼
미세한 조절이 가능하니
형설지공
주경야독
지성이면 감천이
유비무환에 이르면
제 앞가림 자존심은
구제가 되지
늑대를 그리려다 개 그리고
호랑이 그리려다
고양이를 그려도
재주의 한계점
성실 점수 칠십 점
타고난 재주 백 점보다 낫다
삶의 조절 능력
노력하는 이의 보람
날아가는 새마저 목례를 한다

작가의 의도

신이 쓴 생명 소설
작가의 의도
무엇도 소중 소홀 편애한 적 없는데
제가 주인공 착각을 하네
등장인물 누구 하나 제외된다면
조화 잃은 이 세상 사막과 같아
비빔밥에 넣는 재료
참기름, 고추장, 나물
그중에서 하날 지적
빼려 한다면
비빔밥의 제맛을 느낄 수 없어
열 손가락 깨물어 안 아픈 게 없듯
만물의 아버지는 조물
중생을 자식처럼 사랑으로 대해도
맡은 배역 비교하며 불만을 하면
이 세상 약육강식 조절이 될까
삶은 타협 아닌 역할
명령 없는 작가 의도 소설이 될까

꽃은 시의 영혼

부족의 부족

사바에 던져진 삶
무엇도 탓이로다
살고 간 이
살아야 할 이
꾸중을 할라치면
태산을 넘고
잔소리를 할라치면
바다보다 넓은데
내일 황천에 갈 이
오늘도 듣는 핀잔
제 잘못은 깃털 같고
남의 잘못 천근만근
제 잘난 맛에 산다 해도
양심 팔고 즐거울까
나도 너도 부족이니
짧은 생각들을 모아 깁고
천심 한 조각을 빌려 붙일까
그래도 부족은 부족
올챙이 개구리 됐다 해도
우물 안의 개구리인걸

사고뭉치

뛰어나다 해도 부족한 생각

빈틈없다 해도 미숙한 행동

최선을 다하는 게 아름답지요

열매가 다르고 씨가 달라도

꽃이라 이름 붙여

아름다운 건

기후 환경 불만 없는

최선의 결과

그래서 내린 결론 '꽃' 아닌가요?

스스로 일컫기를 만물의 영장

꽃답다 일컫는 이는 가뭄에 콩

역사를 피로 쓰고

양보 양보하면서도 표리부동

공정과 정의는 말뿐인 허울

"머리 검은 짐승 남의 은혜 모른다"이듯

말 만든 인간이 말을 오염

세상의 잡스러운 말 듣다 보면

이 세상이 속세인 걸 얼른 알지요

기르는 강아지 인간보다 낫다는 말

매일매일 뉴스가 뒷받침하네

성인을 보면 신에 가깝고

망나니를 보면 짐승이 생각나니
이 세상이 바로 연옥과 천당
사고뭉치 보낼 곳은 지옥뿐인가

가면

미운 얼굴 화난 얼굴
찡그린 얼굴
진짜는 어디 두고
가면을 쓰고 사나
바람 없는 잔잔한 호수
그게 본 모습
부처의 얼굴을 생각하면
번뇌를 지워야
보이는 모습
가난에 쪼들리고
부자이기에 거만한 건
번뇌의 영향
제 얼굴이 아닌 얼굴
평생 가면을 쓰고 살다
황천에 가면
부모인들 나를 알아
반기실까
꽃이 아름다운 건
꺾이어도
상처를 입어도
항상 제 모습

순수한 얼굴 모습
본모습이 아니더냐

남자의 산 여자의 산

사랑한다 결혼하곤 산에 오른다
남자는 여자의 산
여자는 남자의 산
모두 다 운명 같은 등산길이다
하지만 산이 어찌 기분을 알까
이 푸념 저 푸념
가난한 마음만큼 넋두릴 한다
나이만큼 쌓여가는 불평불만들
삶은 흉이 되고
마음의 병이 되어
해 지는 서산마루 서성거리니
어디서 들려오는 산사의 목탁 소리
집착이 죄라는 듯
염불 소리 이어진다
제가 좋아 오르는 산
탓을 한다고 업고 오를까
청계산간 물소리
상선약수 일깨우네
희로애락이 일체유심조
개안開眼인가 개심開心인가
떠오르는 아침 해가
가섭의 미소 같다

말은 유죄인가

"말 한마디가 천 냥 빚을 갚는다"는 말은
많은 말 중 쓸만한 말은 많지 않다
인간은 말을 제대로 할 줄 모른다
엉뚱한 말을 많이 하고 산다
꿀 바른말
칼 품은 말
과장에 비하
세상은 온통 오염된 말
구업口業으로 연옥에 간다는 말도
속인의 말이기에 한 말이었네
아기에게 칼
돼지에게 진주
할 말인지 안 할 말인지
염치도 예의도 없이 내뱉는 말
말에도 허가증이 필요하지 않을까
욕설자 신고하면 유죄 안 되나

맛

음식은 양념 맛

인생은 행복 맛

맵고 시고 달고 쓰고

그걸 섞어 감칠맛

설탕이 달다고 감칠맛을 당해 낼까

소금이 맛 낸다고 저 하나로 족할까

집을 지을 때도

대들보 석가래 도리에 기둥

크고 작고

곧고 굽고

이 나무 저 나무 대나무에 진흙까지

어울리고 합쳐져야 평화로운 안식처

삶이란 무엇인가

행복하려 산다지만

산전수전

희로애락

가는 길이 구절양장

인내는 소태맛

살다 보니 보람 인생

남이 듣고 감동하네

알고 보면 고생도 맛

꽃은 시의 영혼

때로는 쓰더라도
섞어지면 기적의 맛
삶의 맛 제대로 아니
인생이 황혼일세

행복과 불행이 새라면

행복과 불행은 새
원하지 않는데도 날아들고
잡으려 해도 잡히지 않는
원불원顧不願이
내 뜻과는 무관하여
길흉화복은 전생의 업보
희망은 불행의 진통제
근본적인 치유는 되지 못하네
사바의 삶이 힘든 것은
원치 않는 가난과 질병
타고난 재주와 용모
천형이니 감형은 안 돼
욕설과 폭력은
구업口業과 신업身業
제 삶의 성적인 걸
형체 바꿔 숨는다고
하늘을 속일까
행불이 새라면
모이 주어 모으고
겁을 주어 쫓기나 하지

네가 나라면

가난하다 무시하고
키가 작다 깔본다면
그런 권린 누가 주었나
저나 나나 피조물
분수 넘친 망동일세
정신 이상 징후라면
병원엘 가지!
농부의 연장 중에
잘났다고 뻐기고
못났다고 기죽는 일
듣보던 일 없는 것을
만물의 영장을 자처하며
조물의 뜻 몰랐던가
약육강식 일컬으며
동종끼리 헐뜯으면
마소와 뭐가 달라
효조_{孝鳥}에 부끄럽고
충견_{忠犬}에 배울지라
네가 나라면
역천자는 안 되겠지

누군가는

천 길 낭떠러지에도 꽃이 피고
사막에도 생명이 사는 것은
누군가는 그곳에 있어야 하기에
삶이 마련된 것이다
별이 쏟아지는 밤
유난히 눈길이 가
밤을 새우는 것도
그 별이 거기 있어야 하는
반짝임 때문인 것이다
소금이 없는 세상
설탕이 없는 세상
미식가들은 두문불출
요리사의 마술 같은 맛을
더 이상 즐기려 하지 않을 것이다
광부 없는 광산
외로운 홀아비는
없어야 하지 않을까
꼭 있어야 할 빈자리
누군가는 그 자리를
채워야 하지 않을까

꽃은 시의 영혼

눈맛과 입맛

천하일미 식도락은 먹는 맛이요
천하절경 유람은 보는 맛이니
견물생심이 어찌 다 감당할까
삶의 맛을 일러
입맛대로라지만
제 눈에 안경
도수 따라 십인십색
중생의 삶이란 푸짐한 먹거리
어제는 가락시장
오늘은 죽도시장
눈요기로 배를 곯려
해물찜에 막걸리
보는 세상 여유롭다
울적할 때 한 잔
기쁠 때 한잔
알코올은 또 하나의 안경
함포고복含哺鼓腹에
인생 아니 행복한가

나보다 좋은 게 남

나보다 좋은 게 남
나보다 좋은 게 너
친척, 지인, 친구는 감성 소통자
목숨 바쳐 좋아할 사랑하는 임
알고 보면 그게 다 타인
꽃이라 곱다 하고
금이라 값지다지만
그게 다 나 아닌 것들
돈을 벌어 부자 되고
글을 읽어 박사 되면
그게 나일까
세월이 끌고
나이가 밀어
소처럼 가는 밭이 인생이듯이
연필처럼
호미처럼
나 또한 주인 뜻대로 쓰일 존재
그래서 나보단 남
음식이라 먹는 것도 남의 맛이지

꽃은 시의 영혼

부족의 세월

행복도 불행도 삶이 준 숙제
잘났다 못났다 상대에 따라
비교는 생의 모순
사랑은 자기 취향
더불어 사는 세상
촌철살인 웬 말인가
세상살이 난관이란
설치된 덫과 함정
구설에다 시기 질투
좋아서 오르는 산
잘살자고 택한 직업
어디에도 순탄順坦이란
말과 다른 반어反語일세
인간의 행복이란
남보다 낫다는 말
완전에 대한 희구가
겨룸 놓고 싸우나니
사바의 법칙에는 시비가 대세라네

만남의 변수

삶이란

만남으로 짜인 피륙

뜻을 가진 이는 설계하고

사랑하는 이는 집을 짓고

깨달은 이는 자선慈善에 힘써

백행의 근본으로 삼으니

사람에게서 천사의 마음을 본다

근묵자흑 근주자적

귤화위지橘化爲枳랄까

정의를 명분으로 전쟁을 하고

더 잘살기 위해 불법을 저지르며

남이 잘되는 게 배 아파 해코지하는

그런 사람 사는 곳도 이 세상일세

궁핍한 이

장애인

병자와 빚쟁이

천대와 멸시 속에 하룬들 행복할까

비하와 압박이 감옥보다 나을까

지옥과 연옥이 바로 이 세상

생명 실은 탄생 열차

인연 따라 맺어지니

꽃은 시의 영혼

천차만별의 삶
만남이 변수라 하네

영혼은 떠돌이

영혼은 떠돌이
벌이 제집 들 듯
나그네 숙박하듯
만물을 바꿔가며
조물의 명에 따라
옮겨가며 사는 것을

짧게는 하루살이
길게는 천년주목
죽은 듯 돌이 되어
한 생을 살다 가니
생의 교체기가
죽음과 탄생

영혼의 집은 누가 정하며
옮겨 사는 기준은 무엇에 둘까
주어진 임무의 성과에 따라
지금의 생을 산다고 하지!

역지사지 알면서도
미물이라 천시하고
영물이라 귀히 하니
지금 우린 임무 수행 중
이 근무 끝나면 어디에 살까
전생의 날 모르는데 내센들 알까

인생은 바람이란다

인생은 한 줄기 바람
어디에서 불어와 어디로 가는지
모르는 바람
더위를 식혀 주는 살랑 바람
평화를 깨는 회오리바람
심연에서 불어오는 바람이란다
이성도 감성도 무색게 하는
희로애락애오욕의 바람이란다
좀 전엔 웃음으로 불고
지금은 광풍으로 부는
알고 보면 인생은 바람이란다
제 갈 길 각자 다른 바람이란다

꽃은 시의 영혼

5부

———

존재의 변

발심이 번뇌

세월은 묵은 것과 새것을 뒤로한 채
발걸음 소리조차 없이
앞을 향하여 묵묵히 간다
중생의 애환과 사정은
아랑곳하지 않고
발심이 번뇌인데도
후회할 미끼를 던지며 간다
인연을 만나고
원수가 되고
찾아도 없는 답을
내세에 기약하는 삶
비구니와 보살
신부와 수녀
선택하고 선택받는 삶
아직 공수래공수거는 공염불이다
욕심은 분발의 계기가 된다지만
얻는 게 있으면 어디에 두고
잃은 게 있다면 어디 가서 찾을 것인가
마음과 육체는 어떻게 만나
발심이 번뇌임을 모르고 사나

천국으로 가는 길

삶은 가시밭길
말로는
사랑이고 우정이고
배려이며 충고라지만
어디서 긁혔는지
어느 때 찔렸는지
마음엔 상처 자국
추억엔 눈물 자국
용서와 관용 연고
바르고 발라도 소용이 없네
끝내는 입원실이 작별의 장소
유언까지 마치니
오열과 통곡 속에 꽃밭에 뉘네
꿈일까 생시일까
감았던 눈 다시 뜨니
천국이라네
이승의 인생 성적 천국이라네

진실

세상의 좋다는 약 다 모아도
불로장생 소망은 이룰 수 없고
세상의 사랑 사랑 다 모아도
진실한 사랑은 말뿐이라네
아무리 자연의 이법을 외쳐댄대도
그건 피조물의 한낱 넋두리
조물주의 마음 담긴 진실은 아니라 하네

꽃은 시의 영혼

하모니

창조의 건반 위에서는
7음계만큼이나 조화를 빛낼
삶의 희로애락애오욕이 연주되고 있었다
식물은 식물대로
동물은 동물대로
중생이란 이름의 교향곡이
흘러나오고 있었다
꽃은 꽃이라도
전체를 위한 배려
반지꽃과 장미
차별이 아닌 화음
무질서 같아도 어울려 화원이 되고
강자의 주장인 줄 알지만 먹이사슬
승화되지 않는 삶의 고인 물은
삶의 오폐수를 정화하지 못한다
삶이란
개개의 투정이 섞인 불만
그것이 불협화음 같아도
끝내는 하모니를 이루는
7음계이다

영일寧日은 없다

마음에는 심란의 요괴가 산다
시기하고
질투하고
모함하고 모욕하니
심경心境이 분란하여 영일寧日이 없다
게다가 인내마저 부족하니
앉으면 서고 싶고
서면 걷고 싶어
걷고 걷다 보니 발이 아파
벤치에 쉬면
개미, 모기, 날파리 제 세상이다
안팎에 평화란 말뿐인 것을
그런가 하면 가족 사이엔
이래라저래라
이렇게 하세요 저렇게 하세요
누구 아빤 이렇고
누구 남편은 저렇다는데
기준마저 통합형
사랑, 사랑 없는 사랑
허명무실 아닐런가
고개 넘어 또 고개

학연 지연 진보 보수
사상으로 나뉘고 종교로 갈등하니
행복은 맛보기 영일寧日은 없다

대장간의 쇠

대장간의 쇠는
주문한 이의 주문대로 벼려지는데
나를 주문한 이는 왜 부모가 아닐까
부모의 소원은 재벌
그런데 나는 역사 연구가
아버지의 주문이 바뀐 것일까
산부인과 간호사가 착각한 걸까
용모나 성격 혈액형까지
부모의 자식이 틀림없다
그렇다면 삼신할머니가 바꿔친 걸까
알려고 해도 모르는 신비
게놈까지 등장한 후에야
자연의 비밀을 비로소 아니
만물의 창조주 신이 있었네
왕이 명령하면 신하가 받들 듯
우주 만물 설계하여 환인에게 명하니
고래에서 플랑크톤까지
인간은 인공위성 타고 마실 가듯이
연구와 진전으로 살라는 뜻
피조물인 로봇이 명령 받들 듯
삶은 임무요 명령만 같다

　　　　　　　　꽃은 시의 영혼

사랑의 시작과 끝

사랑의 시작은
우리 되는 것
사랑의 끝은
헌신적인 삶
이제는 아는가
나이 탓인가
그렇지만 지금도 이기적인 건
잘해야지 비교하며
따지게 되는
평생을 연습해도 어리석은 삶
칠팔십 세 지금도 우리를 몰라
사랑이라 하면서 헌신은 찬밥
서산마루 지는 해 재촉을 한다

영혼의 꿈

있다면 있고 없다면 없는 건가

잠깐잠깐 꿈같이 살고

꿈꾸며 사니

비몽사몽이라 갈피를 못 잡는다

내가 나이고 그가 그인데

꿈속의 나는 내가 아니다

뱀이 된 꿈은 답답했고

사자가 된 꿈은 끔찍했다

그보다 희한한 것은

인간에 대한 꿈

꿈속의 사람마다

착각의 삶을 살며

그게 만물 일체의 나일 수 있는

또 다른 꿈인 걸 모르고 산다

유리하면 제 노력

불리하면 남의 탓

밤과 낮을 알면

누군가는 밤이 되고

또 누군가는 낮이 됐을

보아도 못 믿고

당하면서도 꿈인 걸 모르는

그래서 영혼은 저 아닌 저를

꿈으로 보여

생의 유불리가 일체유심조임을

깨우쳐 주고자 한 것은 아니었을까?

옥황이 준 생체시계

옥황이 준 생체시계
내게 준 선물인데 작동을 몰라
열등의 아픈 상처 달래며 산다
길고 짧은 대나무가 제 재주인가
작고 큰 신장이 제 탓이던가
인간은 감나무 앞에서 감 따는 아이
낮은 가지의 감은 제쳐 두고
높은 가지의 감만을 바라본다
인생은 높은 순서가 아니련만
진짜 내 것을 모르고 산다
세상은 사자獅子만을 위한 것도 아니요
개미만을 위한 것도 아니니
조물이 준 생체시계
타고난 각자의 특성
그것만으로도 넘치는 기쁨이려니
작동법 속히 익혀 행복 갖고 살란다

삶과 죽음

또 하나의 인연이 탄생하기까지는
인간의 세월로 몇 겁이던가
어제의 인연은
육신으로 갈리고
영혼마저 흩어져
망천수望天樹 뿌리 밑의 흙이 됐다가
개간할 때 쌓인 추억 되살려 내어
흩어진 육신은 양콤양자 컴퓨터으로 모으고
파견 나간 영혼은 광속으로 불러들여
재회의 삶 보내려고 일구월심 바랐더니
사바 속의 삶이란 부족의 세월
완전에 비교하면 누군들 떳떳하며
잘났다 자랑한들 도토리 키 재긴데
관용과 용서는 헐뜯기로 버리고
이해와 배려는 약점 잡기 이골 났네
알면서도 모른 체 뒤틀린 심보
백 번 천 번 인연으로 만난다 해도
완벽에는 못 미치는 연민의 세월
그게 다 중생 인연
헤어질 때 미련 두는 작전 아닌가

누가 지은 이름인가

우리는 그를 벌레라고 부르지만
원래 이름도 벌레였을까
이름마저 잃고
평판조차 낮춰진
편견으로 지어진 이름
그 이름 회자되기 싫어
벌레를 버리고 나비가 된다
'개'라 지어 놓고 개 같은 놈
'생쥐'라 지어 놓고 생쥐 같은 놈
'기생충'은 또 누굴 말하나
그 이름 빌려다가 네가 기생충
남의 욕 같아도 누워 침 뱉기
인간의 비하 심사 조물은 알까

꿈

몇 번을 죽어야 꿈에서 깰까
부자 되어 고대광실 아첨에 살고
고관대작 거드름에 원성에 살다
산골짜기 오지 마을 농부가 됐네
부귀영화 안간힘은 인간의 욕망
흥망성쇠 고달픔은 업보의 결과
거듭되는 윤회로 깨지 않는 잠
포수에게 쫓기는 사슴이 싫다
내 밖에 나
꿈만 같은 사바세계 고단한 하루
비몽사몽 오늘은 어떤 꿈 꿀까

삶의 순응

인간이 만물의 영장이 된 건
영리한 두뇌의 덕택이라지
금속 중 귀한 것이 '금'이 된 것도
불변하는 희귀성 때문이라지
알고 보면 이 모두가
하늘이 준 직분
생명이란 본분 수행 포기할 수 없도록
사랑으로 묶고
인연으로 엮어 놓았지
삶은 명령을 희망으로 알고 사는 것
탈출해 봐야 하느님의 시야요
탈선해 봐야 지옥행이지
부자의 죄는 나누지 못하는 것이요
미모는 연모의 가슴앓이
꺾으려는 자의 의지에 시달려야 한다
어떻게 살아야 할까
준비하고 각오해도
내 사정 하나도 바꿀 수 없다
어떠한 삶도 필수 불가결
윤회에 따른 결자해지
순응만이 제 갈 길 예외는 없다

눈 감아 봐라, 뭐가 보이나

눈 감아 봐라 뭐가 보이나
살아 있으니 보이는 거지
싫어도 좋아도 보이는 거지
싫으면 눈 감고 좋을 때만 눈 뜬다면
그는 장님인가 눈 깜빡임인가
무변광대 우주공간
과학이 있어 눈이 뜨이고
수억 년 불가능도 과학이 해결
그런데도 생명 발생 우연이라네
생명 탄생을 우연으로 돌리면
우주 중생 모두가 로또 당첨자
아버지가 있는데 인정 안 한 꼴
우연이 부모 되는 엄청난 실언
지식이 눈을 감고
과학이 맹인 되는 망발을 신봉
21세기 과학이 눈이 멀었네
눈 감아 봐라 뭐가 보이나

숲의 침묵

하고 싶은 말 다 하고야
사랑인들 우정인들
지켜낼 수 있을까
숲은 고요하다
고라니가 죽고
삼백 년 적송이 베어지고
죽음은 있는데 고발이 없다
평화를 지키는 약육강식 해결법
고요한 산속 새가 노래하고
물소리 도란도란
풀벌레 소리가 정적을 깨우면
시원한 바람의 부채질
등산하는 이의 땀을 식혀 준다
나의 아픔 하나로
숲까지 침통
침묵의 승화로 평화를 이루는
그게 숲이 지닌 덕이라더라

업보 따라 사는 삶

죄지은 이가 가는 곳이 사바라면서
제 잘못 뉘우치길 기다리지만
잘못은 사채 빚 늘어만 가네
비교하지 마라
욕하지 마라
질투와 저주는 삶을 망친다
내 잘못 두고서 남을 비웃어
강자에겐 아첨하고
약자를 괴롭히는
원죄의 유혹인가
악마의 방해인가
내 마음 나도 몰라
회개하던 마음은 어디로 가고
후회할 만행이 속죄를 가로막네
잘살면 행복할까
배우면 행복할까
사바살이 삶의 목적 잊은 지 오래
지금의 삶이 고단하거든
전생의 업보를 생각하거라
지은 죄도 모르면서 불만만 가득
내세에 받아 볼 영혼의 성적
벌써부터 다음 생이 걱정된다

중생은 양파

삶의 껍질일까

영혼의 환생일까

꿈을 꾸면

나는 독수리

때로는 호랑이

나비가 되고

뱀이 되니

갑갑한 영혼의 옷

벗고 싶어라

그걸 벗고 벗어도 낯선 중생

영혼의 외출인가

삶의 반란인가

벗고 입고 벗고 입고 내 옷은 어디

언제라도 눈은 창문

창밖을 보면

나 아닌 나

남의 옷 걸쳐 입고 나인 체한다

언제쯤 끝나려나

윤회 살이 중생이 양파만 같다

철

살다 보면 알게 된다네
말이 길들여지고
개, 고양이가 애완동물이 된 것을
길들이는 자와 길들여지는 자
빨리 길들여지면 행복이 길고
늦게 길들여지면 고생의 나날
참는 자와 불평하는 자
왜, 우린 웅녀의 자손임을 자랑하는지
어차피 인간은 부족한 존재
잘잘못을 따지며 대립할 건가
여당 야당 비난하듯 인생을 살면
화합과 평화는 남의 일이지
말 한마디 행동 하나하나
타내고 꼬집으면 누가 좋을까
어부지리 생각하면 누구나 알 일
참는 것이 묘수임을 왜 모르나
왈가왈부 따진다면 모두 다 죄인
용서와 관용 없인 행복도 없어
알고 나니 저승길이 멀지 않았네

번뇌의 낚시질

번뇌의 미끼를 던지면 번뇌가 문다
갖고 싶고 먹고 싶고
명예에다 권세까지
누리려는 삶의 열맨
에덴의 사과
탐진치 삼독에 중독이 된다
송충이는 솔잎을 먹어야 하는데도
분수를 모르니 배탈이 난다
내 인생 욕심 값을 저울에 달면
과달일까 미달일까
개구리 황소 배
호가호위 한결같아
마음을 감추면 천사로 볼까
보이지 않는 번뇌
미소로 위장하면
감쪽같이 하늘 속여
면죄가 될까
땅속에 묻고 금고에 감추어도
조물의 투시 안경 모두 다 들통
삶이란 죄가 죄를 낳아
부자의 낚시

권세의 낚시
살림망에 잡힌 것은
번뇌뿐일세

발견

무심코 지나치지
눈길은 왜
열 번을 지나쳐도 보지 못한 걸
심마니 교육받고 첫 등산길
삼백 년 인삼을 발견했다네
인삼이 기다렸나
신이 도왔나
금광을 발견하고
인연을 만나고
세상사 모든 것이
운명만 같아
우주 공간 중생 중에
만남의 인연
먼지와 먼지가 만나 흙이 됐거나
문익점의 붓대 속에 숨겨졌거나
정원의 화초 되어 기쁨을 준 것
삶의 반경 어디에도 우연의 필연
알고 보면 주변 모두 귀중한 것들
그중에 애지중지 마음 뺏는 건
인연 중의 인연으로
생의 동반자

꽃은 시의 영혼

오늘따라 정원의 국화 웃음

유난히 곱다

사랑의 속성

사랑은 속도 배알도 없어야 사니
인내 없는 사랑은 꿈꾸지 마라
옳다 그르다 따지지 마라
사랑의 판결은 관용이란다
애매한 물음엔 글쎄가 정답
상황 판단 없이는 말대답 마라
안면 웃음 언중유골 말 덫을 조심
평생 안일 가늠자는 눈치뿐이다
잘못 없다 떳떳하다 큰소리 마라
진실도 오해도
꼬인 마음 모르는 게 그게 죄란다
착하다고 언쟁이 피해 가며
꾀 많은 게 만능열쇠 될 수 있을까
사람 믿고 언약 믿고 평생 살아도
배신과 변심이 너무 많아서
경계의 고삐를 놓지 못하지
남녀의 사랑에는 마가 낀다오

그게 나란다

달면 삼키고 쓰면 뱉는
그게 나란다
필요는 아전인수
애지중지는 변덕의 처사
쓸모를 다하면
헌신짝이다
산해진미도 배부르면 맛이 없고
경국지미도 젊었을 때 한순간이다
이 세상 모든 사람 나와 다를까
"사촌 땅 사면 배가 아프다"
내가 그인가! 그가 나인가!
역지사지는 알아도 몰라
돈 잘 벌 땐 알랑방귀
사업 실패 등 돌리는
세상 인정 야속타 마라
신던 신발
손때 묻은 애장품
버릴 때의 무정함
언행일치 배반하는
그게 나란다

우연이 필연

확률이 낮고
일어나기 어려운 결과
그건 다 우연
팔십억 가운데 나같이 생길 확률
그저 그저 독특하고 특별하면
우연이라 핑계를 댄다
알려 해도 알 수 없는 것
원수가 외나무다리에서 만나는 것
그게 다 우연
나노 기술, 램 기술
인간이 가능하면 과학이고
불가능하다 여겨지면 우연
어느 박사 말대로 인간이 우연한 존재라면
과학도 우연인가
나고 죽는 것도 모르면서
우연을 말하고
필연이라 하더라도 근거를 댈 수 없어
알 때까진 우연
천지자연의 조화
자연의 이법
더 이상 말도 설명도 필요 없겠지
우연이 필연이니까

삶은 연주자의 악기

회자정리 거자필반 삶이 만든 공식인가?
열여섯에 떠난 고향 희수喜壽 되어 돌아왔네
떠날 때는 함께 살자 서울 도착 각자도생各自圖生
살다 보니 소식 두절 육십 년이 엊그젤세
배움 없고 궁핍한 삶 하루 벌어 입에 풀칠
장래 없는 하루하루 사는 것이 두려웠네
그렇다고 초년고생 말년까지 이어질까?
중생의 업이라도 노력한 삶 변수겠지
떠날 때 약속하길 칠십칠 세 태어난 날
서울 생활 힘들 테니 이웃 살며 의지하자
그 약속 못 지켜도 칠십칠엔 꼭 만나자
생년 월일 같은 친구 부모까지 화전민
운명인가 팔자인가 살고 나서 따져 보자
다짐하고 벼른 날이 쌍계사 앞 오늘일세
'안해두'는 구례에서 '배전수'는 화계장터
'추억만'은 약속 장소 육십 년이 반갑구나
만날 날을 생각하여 불심 담아 시주 터니
'안·배·추'의 쌓은 공덕 오늘 약속 이루었네
간단한 추억 회고 경내에 들어서니
대웅전의 본존 미소 우리를 반기시네
이곳저곳 둘러보고 주지 스님 찾아뵈니

어슴푸레 기억 속에 동자승이 떠오른다
부모 없이 버려져서 눈물로 밥을 먹던
동자승이 주지 되어 우리를 반겨 주네
"십 년이면 강산도 변한다" 하더니만
부처님도 측은하여 불심으로 키웠던가
겨자씨 자라나서 큰 나무 그늘지듯
얼굴엔 자비로운 미소마저 잡혔구나
침묵 속의 이심전심 주지 스님 입을 여네
동자승 자원이요, 먼 길 돌아 찾으셨소
동갑 친구 그간 이력 나도 함께 듣고 싶소
저녁 식사 마친 후에 지난 추억 돌아보죠
그 말 뒤에 저녁상이 주린 배를 마중하니
정갈하고 새뜻한 맛 감회가 사뭇 깊다
산판을 헤매다가 배가 고파 절에 가면
형아 형아 이리 오소 밥 식구로 대해주던
지난날 동자승의 정이 깃든 음식일세
식사 후 추억끼리 얼싸안고 춤출 때
주지 스님 발걸음이 의무감을 일깨운다
메모장에 펜을 들고 '안·배·추'를 응시하니
시작이 '안해두'라 교수 언변 발휘한다
지리산 산골 촌놈 겨우 차비 손에 쥐고

꽃은 시의 영혼

기차 타고 서울 가니 설렘과 두려움
숙식마저 거지 신세 입에 풀칠 어려워라
여기저기 묻고 물어 월급 없는 일자리
나와 전순 한식집 억만이는 중국집
눈치 없다 굼뜨다 서울살이 눈물 세월
한 달 한 번 쉬는 날이 그동안의 설움이라
그럭저럭 버텨 내어 월급 소리 듣기 일 년
길가에 쓰러진 분 택시 태워 집에까지
고맙다고 직장 물어 음식점을 적어줬지
대가 말고 선전 삼아 자주 오란 핑계였어
다음 날 저녁 무렵 만나자는 전화가 와
배달 후 잠깐 만나 서로 처지 알게 되자
형과 동생 친해져서 오고 가게 되었다네
하루는 형님께서 공부 생각 없느냐며
검정고시 안내부터 직접 교수 제안까지
꿈인지 생시인지 분간 못 할 희열이었지
게다가 쉬는 날엔 S대학 구경까지
내 마음 흔들더니 초, 중, 고 교재까지
십오 개월 완성으로 기간까지 정해준다
좋아서 하는 일은 괄목상대한다더니
주경야독 노력 끝에 검정고시 통과했네

이제는 대학입시 형과 동거 원하신다
목표는 S대학 형의 조력 약발 받네
학과는 경영학과 기출문제 예상 문제
다섯 권을 떼고 나니 오답 노트 보자신다
수학은 합격권 영어는 더욱 노력
남은 기간 육십여 일 영어에 집중하니
최종 점검 총정리 십오 일을 권하신다
지성이면 감천인가, 절실함의 결과인가
하고 싶어 하는 일은 놀기보다 더 좋아서
남이 보면 기적같이 일취월장 진보한다
시간만큼 정확한 게 세상에 없다더니
내일이 시험 날 긴장되고 설레네
진수, 억만 엿 사 들고 격려차 방문하여
지리산 정기 받아 합격 소망 기원하니
진심이 통했는가 불안감이 사라지네
시험 당일 긴장 속에 모든 과목 순해順解하니
그간 고초 사라지고 앞날 전망 동해 일출
겉으로는 겁먹은 척 표정 위장 집에 오니
식당 주인 반기며 시험 결과 물으신다
어려워도 쉬워도 발표 전은 모르는 것
시무룩한 표정 지어 기대감을 반감하니

꽃은 시의 영혼

'배전수' 얼른 나서 편들어 하는 말이
S대학 출제 문제 쉬운 적이 있어야죠
붙어도 떨어져도 모두 다 어렵다죠
그 말에 추억만도 편들 듯이 그럼 그럼
뒤이어 주인 말씀 경영학과 합격하면
장학금 천만 원과 플래카드 걸겠단다
초·중·고 검정고시 그 자체도 대단한데
S대학교 경영학과 '해두' 능력 칭찬한다
노력은 자신을 떳떳하게 만들고
근면하고 성실한 건 남에게 신용인가?
주방장 일급비밀 조리법을 내게 전수
식당 주인 비자금도 나를 위해 쓰겠다네
그동안 내 일처럼 동분서주 애쓴 보람
꽃 핀 나무 열매 맺듯 자연의 섭리인가
시험 후 이십 일 뒤 합격자를 발표하니
나와 형 식당 주인 배전수 추억만이
발표 본 후 기념으로 사진 찍어 남기잔다
떨어지면 어떡하지 내 걱정에 순간 침묵
사장님 호언장담 떨어지면 문 닫겠다
열 시 발표 다섯 사람 십 분 전에 당도하니
합격자 게시가 이미 끝나 기다린다

떨리는 마음으로 명단을 확인하니
다섯 사람 이구동성 '안해두' 합격 됐다
뒤이어 추억만이 해두가 장학생이다
그날의 기쁜 함성 지리산에 들렸을까?
회식 자리 1차 2차 노래에 지난 얘기
기쁠 때 피는 꽃이 이야기꽃 노래인가
다음날 형님께서 홍성 함께 가자시며
식당 주인 특별 휴가 바닷가가 어쩌난다
홍성군 금마에서 보령시 천북까지
주꾸미에 각종 어물 해산물의 천지로세
산 사나이 서울 생활 바다를 몰랐더니
비릿한 갯내음이 싫지 않게 잡아끌어
하루해를 먹고 마셔 망중한을 보냈다네
다음날은 수덕사에 고3 동생 동행하니
한창 나이 이성 동반 설렘 속에 즐거워라
공부에서 집안 얘기 가치관 취미까지
형님도 우리 사이 흐뭇하게 여기는 듯
잠깐잠깐 끼어들어 둘 사이를 감싸 준다
환경 극복 재주 노력 인연 또한 중하여라
친한 친구 식당 주인 형님 만나 발전하니
삶의 결과 성공 실패 평수상봉萍水相逢 아닐런가

꽃은 시의 영혼

유현덕의 도원결의 해하성의 유방 항우
우연도 필연 같아 윤회전생 의심 가네
배전수 추억만도 주경야독 뒤 이으니
지리산 수호신이 안·배·추를 편드는가
배전수 추억만이 K대의 행정, 경영
앞에서 끌어주고 서로 도와 난제 해결
해두도 유학으로 주마가편 경쟁일세
누에가 허물 벗듯 도전으로 이뤄 가면
내 인생도 나비 되어 도화원을 날게 될까
불안과 불면의 밤 수 없이도 지샜어라
부잣집 자식이면 공부만 하면 됐지
숙식 걱정 학비 걱정 하루라도 편했을까
S대를 졸업하고 유학 준비 2년 동안
영어 공부 학비 마련 이를 물고 매진하여
유학의 꿈 실현되어 미국으로 떠나던 날
50년 후 만날 다짐 건강하고 행복하자
떠날 때 마련한 돈 형과 친구 격려금
절약하며 용돈 벌기 최선을 다한 생활
코넬대학 경영학과 학비 보조 신청까지
석박사 과정에 내 모든 걸 걸었다오
공부는 나를 키운 자력갱생自力更生 협조자

많이 읽고 깊이 생각 방향 설정 제대로 해
기간 단축 속히 귀국 교수 목표 달성하자
뜻을 세워 각고면려 천우신조 덕택인가
기적 같은 결과가 듣는 이를 감동시켜
두고두고 회자되니 성공 신화 이루었네
지금도 이름 앞엔 기적을 핵심어로
지리산의 자랑처럼 내 삶을 수놓는다
인생은 시간이란 이력서를 뇌리에 담아
저승 갈 땐 필히 제출 업보로 삼는다니
그렇다면 내 행실은 어떻다 평하실까
쌍계사 부처님은 나를 알아 편들겠지
유학 중 힘들기는 심야 식당 설거지라
보수 넉넉, 남긴 음식 스테이크 별미로세
아침 굶고 저녁 걸러 배 든든 영양 만점
유학 4년 지출한 돈 제하고도 돈을 벌어
귀국 후 집을 사니 주위 모두 부럽단다
학위증에 경력 담은 이력서 챙겨 들고
모교인 S대에 주임교수 찾아뵈니
반가워하시면서 교무처에 서류 제출
지리산 천재 운운 점심 함께 하자신다
모든 게 순조로워 조교수로 임용되니

꿈인지 생시인지 미국 유학 권하시던
그 모습 그대론데 나만 벌써 이립而立인가
기쁜 소식 제일 먼저 형님께 전하니
오늘 저녁 모처에서 우리 함께 만나잔다
나를 이끈 삶의 스승 준비한 선물 들고
시간 맞춰 당도하니 형님이 손을 들어
자리 위치 알려 준다 고맙고 반가워라
얼른 가서 악수하며 그간 소식 듣자 하니
○○ 입사 십여 년에 부장 진급 결혼까지
지금은 아이 둘과 평창동에 산다시며
형님 동생 연락하여 이곳으로 오랬단다
Y대를 졸업한 후 고등학교 영어 선생
이십구 세 나이에도 결혼 생각 없는 건지
대화 중 한 여성이 오빠 하며 다가온다
나와는 한 살 차이 예쁜 용모 그대로다
보자마자 심장 고동 누가 볼까 부끄러워
객쩍은 한마디, 경중미인 납시었소
명망가 윤 씨 문중 자랑처럼 빛이 나요
'인자' 씨 반가워요 언제 따로 만나지요
듣고 있던 형님께서 내가 올 곳 예 아닌가?
즐거운 저녁 식사 교수 되고 집 산 얘기

다 듣고 초대 약속 2차는 동생 인계
'인자' 씨와 찻집 들러 연락처를 주고받고
시간 나면 전화 연락 떨어져선 못 살겠다
결혼 말이 오고 가고 일심동체 부부 됐네
알뜰살뜰 살림에다 영어 교사 부담까지
조교수 딱지 떼고 생활 안정될 때까지
삼 년 후 임신하니 거동 조심 의사 진단
초년고생 살림 밑천 아내 내조 날 도왔네
별 탈 없이 삼남일녀 정년 퇴임 백수일세
말 끝나자 이구동성 자녀 근황 독촉한다
아들 둘은 S대 법대 셋째 딸과 막내 아들
하버드와 코넬대학 교수로 재직 중에
자랑 같은 나열에 미안한 듯 주저한다
관심 많은 사바의 일 주지 스님 정리 차원
살았던 날 반추할 때 삶이란 어떤 거요?
"각자에게 부여된 삶 소질 부려 사는 거죠"
태어난 건 지리산 열여섯에 상경하여
식당 주인 대학 형님 좋은 분 만난 덕에
공부가 너무 좋아 밤을 새우며 매달린 일
연고 없이 미국 유학 오늘에 이른 것이
제가 지닌 재주 펴며 살라는 뜻 아니겠소

꽃은 시의 영혼

그게 다 전생 인연 인연의 변수지요
스님은 스님대로 만남에 뜻을 둔다
다음은 '배전수' 씨 자서전을 듣고 싶소
앞서 말한 '해두' 인생 우리의 표본이라
공통된 이야기는 생략하여 말하기로
처음으로 서울 도착 한식집에 의탁한 후
갈아입을 옷이 없어 저녁에 빨아 널고
아침엔 입어 말린 그 시절 그 애로
어느 날 주인 아들 난감한 우리 사정
사장님께 말씀드려 군복 사다 물들이고
속옷 양말 준비하여 해두와 나 각각 세 벌
그날이 우리 생일 거지에서 왕자 된 날
가난할 때 도움 준 이 평생의 은인이라
고마움에 전심전력 맛이 있다 친절하다
문전성시 줄을 서니 대기표 예약문의
그때 번 돈 땅을 사니 만석꾼 재산일세
식당 주인 고향 여주 내게 자주 찾게 하니
동네 사람 김 훈장 집 명절 선물 단골 됐네
해주는 공부 배려 나에겐 운전 칭찬
만나고 헤어짐이 운명의 조화인가
훈장 어른 둘째 손녀 관심 어린 눈빛일세

어느 날 과일 배달 훈장님을 찾았더니
차 한잔하라면서 천자문은 읽었는지
이것저것 묻더니만 공부를 하라신다
공자님 얼굴에 총명하고 과묵하니
흔치 않은 인재가 음식점의 점원이라
훈장님 말씀 듣고 '해두' 공부 따라 하니
일 년 늦은 공부 열기 일취월장 진보한다
셋 모두 지리산 훈장님의 애제자로
사서삼경 체득하여 행동에 묻어나니
차림새는 허름해도 보통 사람 아니로다
시간은 쓰는 이에 따라서 색깔이 달라
금이냐 은이냐 아니면 철이 되느냐
뒤지기는 '해두'에게 일 년이 뒤졌지만
'해두' 유학 준비할 때 행정고시 합격이라
식당 주인 신이 나서 일일 휴업 결정하고
가남읍 오산마을 동네잔치 벌렸다네
때맞추어 훈장님께 직접 찾아 인사하니
내 일처럼 기뻐하며 둘째 손녀 부르더니
행정 고시 합격 소식 인사차 들렀단다
차 한 잔 나누며 담소 잠깐 하고 싶다
잠시 후 차를 들고 손녀가 들어 온다

꽃은 시의 영혼

그날따라 예쁜 자태 내 삶의 이유 되고
쳐다도 못 볼 감이 감망에 들어온 듯
얼씨구 신이 나서 가슴 쿵쿵 눈 호강
훈장님이 김춘춘가 유신 앞의 문희일세
내 손녀가 자랑 같은 백 년 만의 오산 미녀
전설의 실현인지 '전수' 군이 말해 보지
훈장님 앞이라고 거짓 섞어 말하리까
첫 대면 충격으로 지금껏 가슴 뛰니
말보다는 사실 여부 보는 이 몫이지요
나이가 비슷한 당사자 앞에 두고
어울리지 않는 칭찬 속 뵐까 겁납니다
내 말 들은 훈장님 진중하다 칭찬하며
밖에 잠깐 핑계 대며 둘 사이를 배려한다
그 틈에 나온 말이 근간 따로 보고 싶다
금년에 대학 졸업 취직됐단 소식 듣고
축하 날짜 잡으려니 시간을 내주겠소
살짝 웃고 대답한 말 피차일반 구실 되니
날짜 잡고 연락하라 전화번호 적어준다
그리고 앞으로는 오빠라 부를 테니
동생처럼 대해 달라 이심전심 통하나니
열 말이 필요할까 마음 이미 춘향 그네

광한루 배 도령이 방자 없어 못 전한 말
훈장님 기침 소리에 찻잔 들며 다음 기약
훈장님 모시고 잔칫집에 당도하니
동네 사람 한 마디씩 칭찬 담기 바쁘구나
이구동성 같은 말은 축하한다 잘생겼다
바쁘게 인사 돈 후 훈장님을 접대하니
여기저기 수군수군 손녀사위 어울리네
잔치가 무르익자 노래자랑 닻 올리고
주인공인 나를 불러 마이크를 쥐여준다
오기택의 고향무정 최희준의 하숙생
듣는 이가 감동했나 뒤를 잇는 신청곡
합창에다 듀엣까지 酒歌의 상호작용
늦도록 마을이 여흥으로 술렁였다
고향을 떠난 뒤 처음 맛본 포근함에
식당 주인 나의 은인 남이 아닌 부모 같다
'해두'는 유학 수속 '억만'은 고향으로
이런 날 함께하면 더없이 좋으련만
날 잡은 날 비 온다고 '억만'까지 비상호출
쌍계사 주지 스님 금일 내 도착 요망
전보 받고 하향하니 허전하고 섭섭하다
하지만 나보다는 '억만' 하향 걱정되어

꽃은 시의 영혼

자꾸만 자꾸만 문밖으로 눈이 간다
세상에는 서로 다른 시간이 돌아간다
기다리는 시간과 즐기는 시간들
남이야 뭐라든 매정하고 여유로워
어쩌면 시간은 또 하나의 삶의 변수
잔치가 끝나고 돌아오는 귀경길
눈앞에는 '김영희' 귓전에는 추억만
살면서 걱정하고 그립다 기다리는
그게 정말 정다운 삶 살고 싶은 삶만 같다
가난은 삶의 마취제 예의마저 잊게 하여
먹고 살 일 이외엔 사치라고 생각했다
환경을 재능 보탠 노력으로 극복하니
어두웠던 장래가 아침처럼 밝아오며
행복의 요소들이 여기저기 손짓한다
행정고시 합격으로 공직에 발을 들여
그동안 모은 월급 성수동에 집을 사니
결혼 후 인생 2막 모두의 축복일세
며칠 후 '영화' 핑계 만남을 갖게 되니
만나고 헤어짐에 더욱더 정이 쌓여
만난 지 삼 개월에 결혼 얘기 오고 갔네
김 훈장님 적극 지원 결혼 후 신혼살림

꿈인지 생시인지 아내 사랑 천국일세

직장 생활 전심전력 국장 되고 사장되니

사 남매 낳아 키운 아내 내조 비할 데가

딸이 셋 아들 하나 둘은 의사 하난 검사

막내아들 교수라며 미안한 듯 말 흐리네

살고 보니 하늘의 뜻 내 뜻은 아니려니

푸념 섞인 애달픔도 자랑 같은 자신감도

호랑이와 고양이 감나무와 고욤나무

선택 아닌 임무 부여 운명적인 삶이라네

차와 시계 옷과 음식 제각각 다른 것은

취향 형편 만든 이가 다르기 때문이요

다양한 계층을 배려한 덕분 아닐까

다음은 '추억만' 씨 지난 삶을 돌아보죠

우리 셋 부모 잃고 내 고모에 의지할 때

열두 살 옆집 '순희' '억만' 오빠 우리 오빠

천자문 동몽선습 재주 있어 괄목상대

격몽요결 품에 안고 밥 거르기 일쑤였네

홀아비 아빠 죽자 사흘 동안 울며 샜던

일곱 살 어린 소녀 불쌍타 데려다가

고모께서 보살폈던 동생 같던 예쁜 '순희'

연만하신 고모에게 적적한데 함께 살라

'순희'에겐 급한 연락 쌍계사로 미뤄놓고
쫓기듯 떠나온 게 어제 같은 육십일 년
짜장면집 기웃기웃 거지 행색 나를 거둬
자식 없는 주인 부부 자식인 양 함께했네
부지런은 체면 감싸 자존감을 세워주고
검소함은 가난 막아 측은지심 막아줬지
자식같이 내 일처럼 주인 부부 도왔더니
찾는 손님 많아지며 입소문이 식당 늘려
팔도에 지점까지 나의 직함 총무라며
출장으로 바빠질 때 '해두'의 공부 소식
장래 위한 분발 계기 주인까지 도와주네
'해두'가 일 년 먼저 나와 '전수' 뒤질세라
배전 노력 기울이니 캄캄했던 미래 전망
희망 되어 밝아온다 노력은 미래의 눈
지식이 문이 되어 가는 곳을 안내하니
K대학 경영학과 재벌 한번 되어 보자
주인 앞에 자초지종 결심 안고 떠나려니
만류 명분 완강히도 부모 두고 도망인가
지금까지 일군 것이 너를 위한 것이련만
며칠 동안 심사숙고 주인의 뜻 수용하니
전국의 체인 점포 날개 달고 비상하네

이왕지사 정해진 길 요리학원 등록하여
궁중요리 팔도 특미 보완하고 고증하니
이 세상 그 누구가 '추억만'을 당할쏜가
준비하고 기획하여 연구, 개발 회사까지
세계로의 진출 거점 뉴욕과 파리일세
이런 계획 추진 중에 '배전수'의 행시 합격
오산마을 잔치 때에 쌍계사의 연락 받고
걱정하며 내려가니 낯선 처녀 반가운 듯
오빠 하며 뛰어오니 의구심 반 반가움 반
막상 만나 어색함에 얼굴 붉혀 대면했네
'서순희' 순희 맞지 산중미인 품격 있네
주지 스님 찾아뵙고 순희 돌본 감사 표시
쌀 열 가마 시주하니 부처님 전 축원 불공
조석으로 올릴 테니 결혼하여 잘살란다
덧붙여 말하기를 너의 고모 고향 가며
신신당부하였으니 부처님께 백년가약
약속하고 떠나란다 그 말이 내 뜻인 듯
거부 않고 수용하니 주지 스님 즉시 주례
추억만과 서순희는 오늘부터 부부란다
봄이 좋아 피는 꽃이 순희처럼 붉었을까
부끄러운 기색 속에 안도하는 평화까지

그날 신방 절간이라 운우지정 건너뛰고
손잡고 맹세한 말 진정으로 사랑한다
그동안 공부한 것 인생 계획 알려주니
순희도 검정고시 준비가 끝났다며
영어는 우연히도 쌍계사 온 신도에게
삼 년을 배운지라 의사소통 자신 있고
수학 또한 그녀에게 특별 지도받았단다
"산 중에 열린 홍시 입만 갖고 딸 수 있나
먹고자 한다면 장대 들고 어서 오소"
순희는 미래를 준비할 줄 아는 사람
공부를 좋아하고 배운 것을 체득하여
행동에 배어 나서 함께한 일 빛내 준다
다음날 귀경하니 양부모 어리둥절
쌍계사 주지 스님 주례하에 부부 된 것
간단히 말한 후에 양부모 따로 뵙고
자초지종 말을 하니 쌍수 들어 환영한다
정식으로 순희 불러 부모님께 절 올리니
결혼 날짜 신혼살림 쾌속으로 진행하여
앞으로 살아갈 집 부모 곁에 마련하니
억만 순희 행복이 웃음으로 피어난다
결혼식은 문산에서 시부모님 고향 보며

아버님 주례사로 정원에서 거행되니
대성동 마을 주민 내 일처럼 좋아하네
봄마다 동네잔치 경조사에 함께하여
형제처럼 이웃처럼 지내기를 십여 년
결혼 잔치 하루가 고향인 양 즐겁구나
해두는 유학으로 전수만 부부 동반
다음 달 오월 오 일 화촉을 밝힌단다
그 후에 우리 부부 아들 둘 딸 하나
아내의 검정고시 대학 입학 졸업까지
하버드에 입학 졸업 시부모의 적극 지원
몇 번을 사양해도 막무가내 권유하니
삼 남매 양육 전담 시부모의 기쁨였네
초, 중등 교육은 아빠의 정성으로
고등학교 졸업 후엔 미국에 유학하여
엄마의 보살핌에 딸 둘은 예일대에
막내아들 하버드라 모두가 하늘에 뜻
베풀며 살라는 깊고 깊은 뜻 아닐런가
아내는 뉴욕 분점 큰딸은 파리 분점
둘째 딸 런던으로 막내만 교수 됐네
교수 된 막내아들 성공 부모 초청 강의
서울대 강당이 비좁도록 만원이었지

강의할 내용은 "삶의 이해와 수용"으로
창조의 원리를 추론하여 일반화했다
1. 일관성의 원리
2. 다양성의 원리
3. 조화의 원리
4. 만물 일체의 원리
일관성의 원리란 만물에 적용된
일관된 원리로 암수가 기본이나
성질이 중성인 것 삼성을 이루니
과학의 추론적 사고도 가능해졌다
다양성의 원리란 존재의 모습이나
삶의 방식, 생식 기능, 주어진 생명까지
다양함이 먹이사슬의 불편함을 해결하니
짝을 찾고 구별함이 이 또한 용이하다
조화의 원리란 세상 만물 모두가
가야금 열두 줄, 갖추어야 완전하니
차별 아닌 소리의 조화로운 예와 같다
만물 일체는 삶이 돌아가 머무는 자리가
흙으로 귀결되고, 나누어지는 자리이니
생사유전의 거듭으로 중생을 정화한다
강의를 마치자 쏟아지는 박수 소리

세 노인의 이야기는 이렇게 끝이 났다
가난이 재주로, 근면과 성실로
극복되고 구원되니 부처의 뜻이로다
합장한 주지 스님 번뇌 잃은 염불 소리
사바를 울리고 울려 극락왕생 아미타불
덧붙여 주지 스님 시 한 수를 전하신다

삶은 연주자의 악기

오동이 희생되니 가야금은 살아나고
현이 울어 12세상 감동 또한 깊어지네
'안, 배, 추'의 조실부모 지난한 삶 예고되어
굶주림이 내 옷인 양 팔자처럼 입었다오
사바의 법칙이란 고생으로 삶을 일궈
보람을 행복으로 의미 두며 사는 것을
축하의 꽃다발 사랑 고백 반지 선물
꺾이어져 웃음 주고 달구어져 기쁨 주니
피조물의 일생이란 삶의 악기 아니겠소
어울려 타는 가락 중생가라 부르지요

꽃은 시의 영혼